KB149442

감사가 긍정을 부른다

POSITIVE THE MOMENT

나를 완성시켜 주는 감사일지

감사가 긍정을 부른다

POSITIVE THE MOMENT

김영체 지음

도서출판 더로드
The Road Books

들어가는 글

감사(感謝)가 나를 완성시킨다

2009년도에 대학 도서관으로 출근한 적이 있었다. 도서관으로 일을 하러 간 것이 아니라 그 당시 내가 종사하고 있던 산림분야에서의 생존을 위해 산림기술사 자격증을 준비하고 있었다. 생업을 잠시 접어두고 공부하기 위해 도서관으로 매일 출근하다시피 하였다. 당시 공부가 지칠 때, 도서관에서 주로 자기계발류 서적을 읽곤 하였다. 목적은 동기부여를 받고자 하는 것이었다.

그 당시 많은 자기 계발 서적들을 읽으면서 저 사람(작가)도 책을 내고 성공한 인생을 살고 있는데 나도 언젠가 책을 내는 작가가 되고 싶다는 욕심을 마음속에 품곤 했다. 하지만 글쓰기 실력이 부족한 것은 물론이고, 당시의 얄팍한 지식으로 책을 쓴다는 것은 불가능한 일이였으니, 달나라에서 별을 따는 것처럼 막연한 꿈과 같았다.

하지만 지금, 나의 짧은 경험을 여러분들에 자랑스럽게 알려주고 싶고, 행복한 삶을 원하는 모든 사람들에게 희망과 용기를 주며, 함께 더

불어 참다운 세상을 만들고자 하는 바람에서 이 책을 쓴다.

책을 출판하려니 기쁘기도 하지만 한편으로는 어깨에 무거운 짐을 지고 머나먼 행군을 하며 첫 발을 내딛는 마음으로 독자를 맞이한다.

여러분들에게 나의 감사일지 경험담을 어떻게 잘 전달할까 하는 책임감과 함께 얼른 전해주고픈 마음이 앞서기에, 부족한 글이지만 당당히 여러분에게 다가가고자 한다.

내 인생의 가장 큰 행운은 '감사일지쓰기'를 만난 것이다. 하루아침에 인생을 바꾸어 놓지는 않았지만 시나브로 가랑비가 나의 몸을 흠뻑 적시듯이, 감사일지는 나의 인성을 완성시키는 도구로서 자리 잡아가고 있다.

어느 날 감사일지는 뜻밖의 기회로 나에게 아무런 거리낌 없이 다가왔다. 그냥 내면에서 시키는 대로 감사일지를 쓰게 되었고, 그 감사일지가 인성교육에 최고의 도구임을 부인하지 않을 수 없어서, 남들에게 보여주고 자랑하고픈 마음으로 감사일지를 전하고 싶은 욕망이 앞선다.

비록 나는 글쓰기에 문외한(門外漢)이지만 이 책을 쓰려고 하는 것은 세상 모든 이에게 감사가 주는 행복을 찾아 주고 싶어서이다.

멀리서 반가운 친구가 찾아오면 밥을 먹다가도, 신발 신는 것도 잊어버린 채 맨발로 뛰어나가 그 친구를 맞이하는 기분으로 이 책을 쓰게 되었다. 지난 800일간 하루도 빠트리지 않고 써온 감사일지를 통해 얻을 수 있었던 모든 것들을 이 책에 조심스레 담았다.

행복한 삶을 원하는 당신…!

이 책에서 제시하고 있는 감사일지 쓰기를 반드시 실천하여 대한민국 전 국민이, 더 나아가 전 세계인 모두가 행복한 삶을 누리면서 아름다운 세상을 함께 나누어 가질 수 있기를 바랄 뿐이다.

김영체

차 례

4장 왜 감사일지인가

5장 하루 한 줄의 힘

{ PART 1 }

POSITIVE THE MOMENT

감사일지의 시작

감사하는 삶의 가치를 찾아 떠나는 일 년 열두 달 감사 여행

평범하던 일상이 나날이 아름다워진다

세상에서 가장 지혜로운 사람은 배우는 사람
세상에서 가장 행복한 사람은 감사하며 사는 사람

탈무드

1

돈에 구속 받았던 나의 삶

나의 부모님은 생존하기 위해 그저 열심히 살아오신 분들이다. 일제 강점기에 태어나셔서 한글의 기본적인 글자 정도만 읽으시고 제대로 교육받지 못한채 반 문맹인으로 살아오셨다. 형, 누나 각 2명과 남동생까지 6남매를 키우시면서 기본적인 의식주만을 해결하기 위한 몸부림으로 살아오신 분들이다. 세상 그 어떤 누구보다 위대한 분들이신 두 분께 먼저 감사의 인사를 드린다.

일제시대와 6·25 동란이 끝나면서 대한민국 전체가 가난으로 몸부림쳤다. 그런 상황에서 태어났기 때문에 먹을 것도 제대로 먹지 못하고, 추운 겨울날에도 형제들과 껴안으며 서로의 체온으로 육신을 유지해왔다.

학교는 우리 가족에게 사치였다. 그냥 남들이 다 가는 국민(초등) 학교를 나도 따라서 다녔다. 나는 흐르는 강물 속 하나의 물 입자처럼 강물의 흐름에 던져져 있었다. 그러한 현실에서 나는 특별히 공부를 잘할 리가 없었고 학교를 마치면 먹고살기 위해 농사를 짓는 부모님을 돕는 게 우선이었다. 중·고등학교 역시 별 반 다르지 않게 학교생활을 해왔다. 고3 때는 비록 농촌에 위치한 학교이지만 밤늦도록 야간 자율학습을 하게 붙들어 놓으니, 그냥 자연스레 책을 보게 되어 성적은 200여 명 중 10등을 하는 결과를 가져오기도 했다. 영어 수학 과목처럼 기초지식이 필요한 과목은 성적이 그리 높지 않았지만 나름대로 열심히 한 결과였다.

하지만 가난 때문에 대학교 입학은 꿈도 꾸지 못했다. 어차피 가지 못하는 대학이지만 내가 원하는 학과에 원서나 접수해보고자 하여 담임선생님을 졸라서 서울에 소재한 모 대학에 원서를 내게 되었다. 1985년 12월에 난생 처음으로 촌놈이 서울이라는 도시를 구경해 보는 기회를 가져 보기도 하였다. 원서를 낸 결과는 어떠했을까? 결과는 당연히 낙방이었고 그러다가 아무런 인생 설계 없이 흐르는 강물 속에서 하나의 물방울처럼 정처 없이 떠내려가는 삶을 살았다. 내 의지와 상관없이….

그 강물 속에서 재수를 하게 되었지만 실제 공부는 열심히 하지 않았다. 다음 해 학력고사 시험을 치르고 나니 성적은 그런대로 나왔지만 역시 대학은 나에게 사치로만 느껴졌다. 혹시나 하는 마음에서 그저 집에서 가장 가까운 곳에 위치한 사립대학이지만, 국립대학의 등록금만큼 학비가 저렴한 대학에 원서접수를 하였다. 경쟁률은 무척이나 높았지만 합격자 명단에는 내 이름이 있었고, 모집인원 20%에게 전액 입학금 면제해 주는 명단에도 내 이름이 포함되어 있었다. 우선 대학

입학에 큰돈이 들지 않으니 처음엔 별 무리 없이 들어갈 수 있었다. 하지만 어린 마음에, 대학생활에서 필요한 생활비를 부모님께 달라고 하기가 허락되지 않았다. 어릴 적 가난은 무의식 속 깊숙이 자리 잡고 있어 나를 통제하고 있었기 때문이다.

경제적으로 구속을 받고 있었기에 그 당시 나의 얼굴은 형편없이 마른 체구였다. 배가 고프고 주머니에 몇 푼의 돈이 있어도 함부로 밥을 사 먹을 수가 없었다. 하루 두 끼 먹는 것 자체가 나에게 사치였으니까….

그렇게 힘든 대학생활을 하다가 남들처럼 군대에 다녀오고 어렵게 대학을 졸업하면서 평범한 사회생활을 시작하였다. 나의 첫 직장은 산림조합이다. 산림에서 이루어지는 사방사업 즉, 임도, 산림 토목, 설계 업무를 하는 것이다. 산림조합은 공기업의 개념과 같아서 함부로 직원을 자르거나 나가라고 하지 못하기 때문에 평생직장으로서 좋은 직장을 다닌다고 나름 뿌듯해 하였다. 비록 급여는 적지도 않고 많지도 않았지만 처음으로 고정적인 수입이 들어오면서 경제적 가난에서 벗어날 수 있는 계기가 된 것이다.

촌놈인 나도 이런 작은 풍요를 가지는 직업을 가졌음에 안주하고 있었다. 맡게 된 업무가 학교에서 배운 기본적인 지식과 조금의 노동이 있으면 충분히 할 수 있었기에 나를 내쫓으려는 상사는 없었다.

그렇게 산림조합에서 11년 4개월을 근무하고는 나의 의지와 상관없이 그만두게 되었다. 같이 근무하던 상급자인 동료가 개인 사업을 시작하면서 나를 데려가려고 한 것이다. 한동안 망설이고 거부했지만 결국 한참 지나서 그 상급자의 사무실에 출근하게 되었다.

그때가 내 삶의 위기의 시작이었음을 훗날 알게 된다. 같은 직장 동료였던 수평적 관계가 부하직원과 상사 간의 종속관계로 변해 버리는 바람에 수시로 업무처리에 질타를 받았고, 서로의 감정만을 앞세우다 보니 싸움을 크게 한 적도 있었다. 다시 그전 직장으로 돌아갈 수 없는 다리를 건넜기에 입사 후 1년 만에 그 상사에게 항복을 하고 말았다. 흔히들 말하듯이 처자식을 먹여 살려야 하는 가장이기 때문이었다. 돈 때문에 나의 자존심을 버릴 수밖에 없는 현실은 냉엄하였다. 돌이켜보면 상사의 잘못만이 아니라 상대방을 이해해 주지 못하고 배려심 없이 내 고집만 부렸던 것이 더 큰 원인이 되었다는 것도 훗날 알게 되었다.

그 후 1년 뒤 상사와 물러설 수 없는 큰 상처를 안고 그 사무실을 그만두게 되었고 내가 하는 일보다 좀 더 나은 위치 올라서야 한다는 마음이 강하게 요동쳤다. 그 위치에 올라설 수 있는 방법은 바로 산림기술사 자격증을 따는 것이었다.

그렇게 실업자가 되던 날, 그때가 2009년 6월 1일이다. 아침에 일어나면 갈 곳이 없었다. 잠에서 깨어났으나 몸을 일으키지 못하고 마냥 누워 있었다. 산림기술사 공부를 해야 한다는 강박관념이 자리 잡고 있었지만 하루아침에 그간의 늦잠 자는 습관을 바꾸지 못했다. 하루 이틀 공부해야 한다는 계속되는 채찍질은 나를 조금씩 움직이게 하였다. 그러다가 한 달이 지난 시점부터는 새벽 6시에 일어나서 아침 운동도 하게 되고 가까운 대학 도서관에 출근할 수도 있게 되었다. 그렇게 도서관에서 시간을 보내면서 난 또다시 돈의 구속을 받기 시작하였고 점심, 저녁밥 값을 아끼기 위해서 맛있고 비싼 메뉴는 선택할 수 없는 서글픔이 항상 마음속에서 자리 잡고 있었다.

도서관에서의 6개월이라는 시간 동안 한 번의 낙방을 거쳐 산림기술사 필기 시험을 합격할 수 있었고, 2차 면접시험 역시 한번 낙방을 경험하고서 최종 합격하는 기쁨을 안았다. 곧바로 내 인생에서 기술사 자격증이라는 무기를 들고 직업전선에 다시 나아가 경제적인 부를 축적하여 살고자 했다. 내 명의의 사업체로 조금씩 경제적인 구속으로부터 벗어날 수 있었고 아직은 소규모 구멍가게라서 큰돈을 벌지는 못하지만 백 년 기업을 만들어 보겠다는 사명감으로 열심히 나의 일을 하고 있다.

이렇게 살아온 50년의 세월 속에 경제적인 가난은 안타까운 한(恨)으로 남아 있다. 지금은 남들 못지않게 평범한 생활을 하면서 먹고 살아가는데 큰 어려움이 없고, 경제적인 가난은 어느 정도 해결하였다. 하지만 지적 수준을 판단하는 인격 즉, 인성은 제대로 갖추지 못하고 살아온 것이다. 문화적 혜택을 누리지도 못하였으며, 그저 의식주 해결을 위한 동물적인 삶과 다를 바 없는 생활이었다. 오랜 세월 동안 굳어진 습관은 쉽사리 교양 있는 삶, 지적 수준을 높여 주지는 못했다. 주어진 하루하루를 우선 당장 먹고살기 위해 살다 보니, 저축은 커녕 더 많은 돈을 벌기 위해 일요일조차도 출근하여 마감을 앞둔 용역을 수행하기에 급급한 시간으로 보내기가 다반사였다.

지금은 고등학생 남매를 둔 아버지이지만 아이들이 아버지인 나의 말은 잘 듣지 않고, 엄마의 말에는 잘 따르는 편이다. 그 이유는 지나간 시간을 돌이켜 보면 직장생활을 할 때나 내 사업을 할 때나 눈앞에 급한 업무처리에만 신경을 쓸 뿐 가정을 내팽개쳐 버려두었기 때문이다. 그 결과 아이들과 벽이 생겨나고 한 집에서 잠을 자지만 여관방에서 각자 자는 손님과 다름이 없었다. 한 식탁에서 밥을 먹기는 하지만, 배고파서 먹는 행위만 할 뿐이지 가족이라는 공통분모가 없는 각자의 분자들이었다.

나의 옆 지기(아내)가 자녀들이 성장하면 아버지의 정을 느끼지 못하니 애들이 어릴 때 자주 놀아주어야 한다고 종종 이야기를 하였지만 그것보다 우선해야 할 것은 오로지 의식주 해결 만이라고 생각하면서 살아온 나였다.

내가 살아온 이런 시간들이 앞으로 계속 이어진다면 경제적인 부를 축적한들 무슨 소용이 있겠는가? 이러한 심각성을 솔직히 그전에는 모르고 있었는데, 그것을 깨닫게 된 계기는 매일 꾸준히 쓰는 감사일지 덕분이었다.

우연히 800일 전에 만난 감사일지 쓰기는 인생의 항로를 올바르게 인도해 주는 등불이 되었다. 잠자기 전에 반드시 써야 하는 감사일지에 지금 흠뻑 빠져있다. 그것도 남들에게 당당하게 자랑하면서….

2

감사일지를 만나다

2015년 10월 25일. 그날은 정말로 운이 좋은 날이었다. 하마터면 나를 완성시키고 있는 도구인 감사일지를 만나지 못할 뻔한 날이었지만….

내가 하는 일은 주로 산림분야의 설계 감리용역을 하는 업무이다. 매년 여름이 지나고 낙엽이 떨어지기 시작할 무렵부터 다음 해 봄까지 다음 해에 시작하는 공사에 대해서 주로 설계도면과 설계서 작성을 해야 하기 때문에 1년 중에 가장 바쁜 시기이다. 반대로 여름철은 한가한 편이다.

10월 25일은 일요일이었다. 평일에는 주로 대외적이거나 업무적인 전화도 오고, 많은 약속이 잡히기에 주로 토요일과 일요일에 현장조사를 하게 되는 경우가 많다. 그날도 일요일이지만 어쩔 수 없이 임도 예정지의 현장조사를 하러 나가기로 동료들과 약속을 한 상태였다.

내가 근무하는 사무실은 많은 소기업들이 모여 있는 소프트웨어 벤

처타워 건물이다. 나의 사업체인 진솔 산림기술 사무소도 그 건물 한 모퉁이를 차지하고 있다.

1층에서 영업하고 있는 네트워크 회사에서 그날 회원들을 상대로 무료로 진행되는 감사일지 강의가 오후 3시 15분부터 예정되어 있다고 하였다. 그냥 마음에서 끌리기도 하고 무료 강의이고 삶에 도움이 되겠다는 생각에 꼭 듣고 싶다는 간절함이 있었지만 미리 약속되어 있는 임도 측량을 미룰 수도 없는 실정이라 아침에 강의를 듣지 못하는 아쉬움을 두고 나의 일터인 산으로 동료들과 출발하였다.

일터인 산에 도착 한 후 예정된 임도 노선에 따라 측량을 시작하니 일부 구간 재 측량을 하기도 하였지만 대체로 측량의 진행속도가 순조롭게 이루어졌다. 일단 산에 올라가면 점심을 먹기 위해 다시 내려왔다가 올라가는 것이 시간도 낭비되고 체력도 소비되기 때문에, 주로 산에서 보내는 시간이 길어질 경우, 간편한 김밥을 싸 들고 올라가 한 끼를 해결하게 된다. 어김없이 그날도 김밥을 싸들고 올라가 점심을 때우고 나서 남은 임도 노선 측량을 순조롭게 척척 진행하였다. 현장에서 일을 마치니 오후 2시경이었다. 생각보다 일찍 마칠 수 있었다. 아침에 단념했던 감사일지 강의를 공짜로 들을 수 있겠구나 하는 기쁨이 찾아왔다. 사무실에 돌아오니 3시경이었다. 15분 동안 간단히 세수를 하고 땀이 가득한 작업복을 갈아입고서 강의 시작 직전에 자리에 앉았다.

감사일지에 대한 강의는 별 특별한 내용은 없었다. 민진홍 강사 본인의 사업이 망하기 전 부유했던 생활에 대해서 자랑하고 있었고, 사업 실패 후 빚 독촉에 자살을 하려 했으나 당시 자신의 모습은 죽음조차도 마음대로 하지 못하는 처절한 실패자의 모습이었다고 이야기하였다.

민진홍 강사는 다시 살기 위해서 다양한 노력을 하다가 감사할 줄 아는 사람이 대부분 성공하는 삶을 살고 있음을 알고서 감사에 대한 많은 책을 읽기 시작했다. 그는 땡큐 테이너를 자칭하며 전국 기업체에 다니면서 21일 감사일지 프로그램을 만들어 강연을 하기 시작하였는데, 차츰 빚을 갚으면서 재기에 성공을 거둔 사람이 되었고 '땡큐 파워'라는 제목의 감사에 관한 책을 출판하기도 하였다. 그런 민진홍 강사는 나에게 감사일지 쓰기를 전해준 은인이 되었다. 내 삶에서 그를 만날 수 있었기에 인생 후반전 역전을 꿈꾸며 나도 성공자의 길로 조금씩 걸어가고 있던 것이었다.

감사라는 강력한 도구를 가지고서….

민진홍 강사의 강연은 대략 1시간 정도로 아주 세부적으로 강의를 하지는 않았지만 처음 21일간 감사일지를 쓰는 요령과 습관들이는 방법을 알려 주었다. 강연이 끝난 후, 그곳에서 강의를 들었던 사람들끼리 밴드를 결성하여 21일간 순번을 정하고 그날 자기 전까지 매일 한 사람씩 밴드 게시글에 감사일지를 적으면 나머지 사람들은 댓글에 감사일지를 작성하는 방법이다. 민진홍 강사가 초기에 일지 쓰는 방법을 설명해주었는데 나와 이○○님 둘이서 자연스럽게 밴드에 감사일지 안 쓰는 사람들을 독려하기도 하였다. 그렇게 점검해 나가면서 나는 21일간 꼬박 작성을 하였다. 21일 동안 정말 매일 작성할 수 있을까? 하는 의문도 있었지만 지금 되돌아보니 21일은 결코 길지 않은 아주 짧은 시간이었다. 그 당시 강의를 들었던 사람들이 20여 명 정도였으나 한두 명은 금방 포기하였고, 나이가 많아서 스마트폰 활용과 제대로 밴드 사용을 하지 못하는 분들도 있었기에 20여 명 중 21일간 끝까지 완주한 사람들은 반 정도 되는 것 같았다. 그중 내가 가장 열성적으로 한 것이다. 그 열정은 나 자신의 내면의 지시에 따라 누군가 시키지 않아도 자발적으로 행동하게 했다.

21일간의 감사일지 시즌 1이 끝났다. 한 시즌을 21일간으로 하여 시즌 1이 마치니 시즌 2가 시작되었다. 시즌 2는 각자 알아서 결정해서 감사일지를 작성하면 되는데, 대부분 그만두는 사람들이 많았다. 몇몇 분은 밴드에서 계속해서 쓰기를 이어가고 있었지만 한 3~4명 정도 밖에 안 되었다. 그중 나와 이○○ 님은 밴드에서 카카오스토리로 옮겨와 나를 알고 있는 카카오스토리 친구들 모두에게 공개하면서 쓰기 시작했다. 그리고 난 카카오스토리에 쓴 감사일지를 밴드에도 옮겨놓으며 밴드 관리도 계속해 나갔다.

카카오스토리를 통해 시즌 2부터 그날에 있었던 감사한 일들을 자기 전까지 3개 이상 적기 시작하니 내 카카오스토리 친구들의 호응이 좋아 연락이 오곤 했다. 친구들은 그날의 감사일지의 댓글도 달아주고 이모티콘을 해 주기도 했지만 시간이 지날수록 점점 그 호응의 정도는 줄어들게 되었다. 즉 응원을 보내는 관중들이 지쳐가고 있는 것이었다. 경기를 뛰는 선수인 나는 지치지 않고 더욱 열심히 뛰고 있는데 말이다.

나는 민진홍 강사의 카카오스토리 감사일지를 읽고, 댓글을 다는 사람들을 일일이 확인하여 그 사람이 감사일지를 쓰고 있다면 무조건 친구 신청을 했고 그 사람의 감사일지 댓글에 응원을 보냈다. 그리고 # 기호는 해시태그인데 그때 그 # 해시태그 기능이 무엇인지 알게 되어, 감사일지를 검색하여 카카오스토리에서 감사일지를 쓰는 사람들은 모두 다 찾아다니면서 친구 신청도 하고 댓글을 달아주는 노력을 열심히 한 결과, 그분들도 내 카스에 방문하여 내 감사일지에 응원을 보내 주었다. 그러다 보니 매일 자연스럽게 소통을 하게 되면서 비록 직접 얼굴을 본 적은 없지만 점점 오랜 친구 같은 정감을 나누게 되었다.

그중 가장 대표적인 사람은 김승주 초등학교 선생님인데 정성과 사랑으로 아이들에게 건강의 소중함과 효행을 가르치면서 인성교육에 열정이 가득한 선생님이시다. 처음엔 김승주 선생님의 감사일지 카카오스토리에 몇 번의 댓글을 달아도 답글을 주지 않아서 이제 그만 친구를 끊어야겠다고 생각할 무렵 나의 글에 댓글을 남겨주어 지금껏 서로 소통하게 되었다. 온라인상에서 만난 누구보다 열정 넘치는 분이시다. 서로의 감사 일지에서 소통을 하고 있던 중 2개월이 지났을 때 한 통 쪽지가 왔다. 내 휴대폰 번호를 물었고 너무 반가워서 휴대폰 번호를 알려 주니 곧바로 전화가 왔다. 정말 반가운 목소리를 들었다. 그리고 다시 두 달 후 어느 토요일 여유가 생겨 김승주 선생님에게 연락하고, 울산까지 내려가 처음 얼굴을 대면하였는데 어색함이 전혀 없이 오랜 친구 같은 느낌이 들었다. 그동안 온라인상으로 매일 대화를 한 것이 어색함을 없애 준 것이다.

인연은 혈연, 지연, 학연 등 여러 가지를 통해 사람들을 맺어 준다. 앞으로는 혈연의 관계가 짧아지고, 새로이 떠오르는 온라인상에서 소통을 나누는 사람들의 인연 즉, 스마트폰 인연이 중요시될 것으로 예상이 된다.

매일 자기 전 대략 저녁 10시 이후가 되면 카카오스토리에서 맺어진 감사일지 친구들의 감사일지가 올라오기 시작한다. 나의 감사일지도 올리고 상대방 감사일지를 읽고 댓글을 달아주다 보면 한 시간 동안 긍정 에너지와 작은 행복을 공유하게 된다. 그 긍정적 에너지는 하루의 피로와 스트레스를 확 날려주게 되고 편안하게 잠자리에 들 수 있게 된다.

시즌 2부터 카카오스토리에 감사 일지를 쓰기 시작하면서, 매일 감사일지를 쓰는 사람들과 일지를 공유하며 새로운 기운을 얻게 되니, 그 다음날에도 낮에는 감사거리 찾으려고 노력하고, 특별히 떠오르는 감사거리가 없다면 일부러라도 감사 거리를 만들기도 하였다.

한 시즌이 21일인 이유는 감사일지 쓰기를 습관들이기 위한 최소 임계점(臨界點)이 21일이기 때문에 그렇게 정하였다고 한다.

시즌 1이 끝나고 나서, 감사일지를 쓰는 사람들과 함께 공유하며 응원을 보내 주는 것이 서로에게 힘이 되고, 집단의식 때문에 외롭지 않다. 쓰기 싫을 때도 동지들이 있기 때문에 억지로 간단히 쓰게 되는 효과도 있다. 따라서 감사일지 공유를 통해 새로운 인연도 맺으면서, 롱

런할 수 있는 힘을 갖게 되는 현명한 방법이다. 나 역시 그러한 과정을 거쳤고 지금은 나 혼자서 감사일지를 쓸 수 있는 습관을 가졌기에 감사일지 쓰는 데에 별 어려움이 없지만 공유를 하지 않고 혼자 보는 일기처럼 작성한다면 쓰지 않는 날이 있을 수도 있다. 그러므로 처음 감사일지를 쓰는 사람들은 함께 공유하는 것이 멀리, 오래 쓸 수 있는 방법이다.

감사가 주는 혜택은 한두 가지뿐 아니라 너무나 많다.

자~ 여러분들도 이제 나와 함께 감사일지 쓰기를 통해서 남은 인생 행복으로 가는 배에 승선하여 멋진 여행을 할 것을 권유한다.

3

감사일지쓰기의 습관

습관이란 우리가 살아오면서 무의식적으로 오랫동안 되풀이되는 규칙적인 행동을 말한다. 매일 아침 6시에 일어나는 사람이 아침이 되어 아무런 어려움 없이 자연스럽게 잠자리에서 일어날 수 있으면 그것은 이미 습관 된 것이다.

나의 감사일지 쓰기 습관은 크게 어렵지 않게 굳혀 졌다.

감사일지 쓰기를 처음 접할 때는 의식적으로 감사일지를 써야 한다는 강박관념을 가지고 있었다. 어쩌면 그것이 스트레스가 되기도 했지만 나에게 큰 장애가 되지는 않았다.

지금껏 살아오면서 감사일지 쓰기를 전혀 하지 않은 내가 매일 쓰는 습관을 들인다는 것은 어쩌면 불가능한 일일 수도 있었지만 민진홍 땡큐 테이너가 알려준 방법으로 쓰기 시작하니 크게 어렵지 않게 감사일지 쓰기 습관을 기를 수 있었다.

먼저 강의를 들은 사람들끼리 밴드를 결성하고 순번을 정하여 매일 한 사람이 감사의 글을 올리면 나머지 회원들은 댓글난에 그날 자기 전까지 자진하여 감사일지를 작성하는 것이다. 감사일지를 전 회원들이 쓰지는 않더라도 21일 간은 무조건 써봐야 한다는 마음가짐은 반드시 필요하다. 그렇게 시작한 21일 간이 무척이나 긴 세월처럼 느껴지기도 하였다. 그러나 하루 이틀 하다 보면, 감사일지를 쓸 것을 생각하면 하루가 즐거워지고 남들이 쓴 감사일지 읽으면서 저 사람도 저런 일과로 하루를 보내며 감사한 일이 있었구나 하는 생각을 하게 된다. 그리고 그 감사일지가 나에게 아주 미미하게 좋은 기운을 주기 시작한 것이다. 우선 감사를 즐거움으로 받아들여야 흥미를 가지고 습관을 굳혀 가는데 큰 도움을 줄 수 있다.

그럼 민진홍 땡큐 테이너는 왜 21일간을 한 시즌으로 정했을까?

많은 서적들에서는, 습관을 형성하는 데에 100일간 또는 66일간이 필요하다고 한다. 하지만 66일간 쓰라고 하면 지레 겁을 먹고 포기하는 사람들이 많을 것이다. 따라서 습관을 형성시키는 데 최소 임계점이 21일이라는 연구결과에 따라 21일로 정한 것이다.

재미있는 사실은 산모가 아이를 낳고 산후조리하는 기간도 삼칠일이라고 하여 3×7=21 일이 필요하다고 한다.

☞ 21일간 감사일지쓰기 시즌1-1일차 10월27일(화)입니다.

1. 10월 27일 가을 가뭄에 목말라 있는 대지에 비가 내려 갈증을 해소할 수 있어 이에 감사합니다.

2. 오늘부터 감사하는 마음을 갖도록 이 공간을 마련해주신 땡큐 테이너 민진홍대표님 덕분입니다. 이에 감사합니다.
3. 오늘도 어제처럼 아침 운동을 한 김영체, 살아있음에 감사합니다.~^^

한 시즌1 (21일) 기간을 꼬박 매일 두근거리는 가슴을 안고 빠지지 않고 써 오면서 동시에 남들 것까지 챙기기도 하였다. 자기 전까지 글을 올리지 않는 사람이나, 나이가 많아 밴드 활용이 둔하신 분들에게, 일일이 문자나 톡으로 재촉을 하기도 하였으나 모두가 따라오지는 않았다. 감사일지에 딱히 애착이 없으니, 아무리 내가 재촉한들 끝까지 완주하지 못하고 포기하는 것이다. 그럼에도 불구하고 재촉을 하면 작성도가 높아지는 것 또한 사실이다. 함께하면서 서로 독려하고 의지하는 동지가 있다는 것, 그 자체만으로 든든한 후방 지원 군부대처럼 전투에 더욱 열심히 싸울 수 있게 하는 것이다.

시즌 1기간 동안 나는 자발적으로 밴드 회원들에게 코치 역할을 수행하였다. 감사일지 시즌 1 기간은 2015년 10월 27일부터 3주간이었다. 그 당시는 업무가 조금은 바쁜 시기라서, 감사일지가 업무에 지장을 주기도 했지만, 내 삶의 낙(樂)이었기에 업무를 제쳐두고 감사일지 쓰기와 코치 역할을 우선하였다.

그렇게 시즌 1을 마치니, 시즌 2부터는 밴드에 기록하면서 페이스북, 블로그 등 다른 SNS에 글을 쓰거나, 비밀 일기 식으로 일기장에 쓰는 등 자유롭게 할 수 있다. 아프리카 속담에 '빨리 가려면 혼자 가고 멀리 가려면 함께 가라.'라는 말이 있다. SNS에서 감사일지를 쓰는 동지를 찾아서 서로의 감사일지를 공유하면서 쓰는 것이 아주 효과적이다.

시즌 2부터 난 감사일지를 카카오스토리로 옮겨와 계속 기록하기 시작하였다. 그동안 카카오스토리를 자주 이용하지 않았지만 감사일지 덕분에 카카오스토리의 마니아가 되어 버렸다. 시즌 2 감사일지를 매일 하루 한번 이상 며칠간 올렸더니 주위에 좋은 반응이 있었다. 무조건 감사하다는 긍정적인 이야기로 마무리하니 처음 접하는 사람들은 신기하듯이 지켜보면서 댓글도 달아 주었다. 그 댓글이 작은 힘이 되고 거름이 되어서 지금까지 감사일지를 써올 수 있었던 것 같다.

☞ 2015/11/17(화) 시즌 2-1일차

땡큐 테이너 민진홍대표으로 부터 감사일지 쓰기 강의를 듣고 그간 21일간 (시즌1) 비공개 밴드를 통해서 감사일지 쓰기를 해 왔습니다.^^ 앞으로 시즌 2 기간에도 이곳 카스를 통해서 감사일지를 계속 써 나가고자 합니다.

♠감사일지를 쓰면 행복이 따라옵니다.

♠감사일지를 공유하면 행복에너지의 시너지효과가 더욱 커집니다.

- 감사일지 시즌 2 첫날입니다. 시즌 1을 마치고 시즌 2부터는 모든 사람들과 공유하고자 이곳 카스에 감사일지를 쓰게 되어 감사합니다.
- 안동 북부지원 설계심의를 받으러 같이 가신 사장님의 차량으로

이동하게 되어 감사합니다.

- 오전 차량 구매 계약서 작성을 위해 직접 제 사무실까지 찾아오신 캐피털 직원에게 감사합니다.

- 새로 리스하는 차량에 대해서 보험료 비교견적을 받아 주신 보험 설계사님에게 감사합니다.

-연일 바쁜 업무에 함께 야근해주는 직원들에게 감사합니다.

2015년 11월 17일 작성한 시즌 2 첫날의 감사일지 내용이다. 글 내용에 감사일지를 쓰는 이유와 앞으로 나의 각오를 밝히고, 시즌 1을 쓰는 동안에 느낀 감사일지의 매력이 무엇인지, 감사가 주는 행복에 대해 소개하였다. 그리고 혼자서 가 아니라 다른 사람과 함께 공유하면 그 행복감이 더욱 커진다고 덧붙여 소개하였다.

시즌 2를 거치고 시즌 3을 계속해서 시즌 11-4일째부터 본격적으로 블로그에서 감사일지를 먼저 작성한 후 카카오스토리에 연동(공유) 시키기 시작했다. 블로그와 동시에 카카오스토리 두 곳에 감사일지를 공유하다 보니 일석이조의 효과가 있었다. 블로그는 과거 기록을 검색하기가 쉽고 글 목록을 정리 정돈하기가 쉬워 나의 과거 기록 산실의 창고가 되며, 카카오스토리는 스마트폰 보급과 급변하는 시대에 대처하기에 적합한 공간이다. 그 외 페이스북도 있지만 감사일지를 공유하는 사람들이 카카오스토리에서 많이 활동하다 보니 페이스북에서 감사일지 쓰기는 하지 않았다. 또한 사용자 숫자가 카카오스토리보다 페이스북이 많기 때문에 아직은 조금 미완성된 나의 인성을 많은 사람들 앞에서 보여주기가 싫은 이유도 있었다.

시험 출제위원으로 합숙하면서 스마트폰을 사용할 수 없었던 날은 그 다음날 아침에 작성하기도 하였지만 대부분의 감사일지는 제날짜에 기록하려고 하였다. 최소한 그 다음날 오전 8시까지는 감사일지를 기록하였다. 전국에 감사일지를 쓰는 동지들 중 그 누구보다 잘 기록하는 사람으로 자부한다.

혼자 일기장으로 기록하여도 무방하지만 특별한 비밀이거나 남에게 밝힐 수 없는 일 말고는 웬만해서 SNS에서 공유하는 것이 감사일지 쓰기 습관이 자리 잡을 때까지 많은 도움이 되고 힘이 된다. 나 역시 카스에서 감사일지를 쓰는 동지들을 찾아서 그들과 함께 해왔었다. 내게 가장 큰 힘이 된 감사일지 동지들이다. 여기서 다시 한 번 뜻을 같이 해준 동지들에게 감사드린다.

앞에서도 언급하였지만 감사일지 습관을 형성하기 위해 최소 21일간은 코치로부터의 강요가 필요하고, 완전한 습관이 자리 잡기까지 100일간은, 공유를 통해서 감사일지 쓰는 사람들끼리 서로 댓글과 응원을 받아야 할 것이다.

무엇보다도 감사의 진정한 매력을 먼저 깨달으면 습관을 들이는 데 아무런 장애가 있을 수 없다.

4

감사는 에너지이다

감사(感謝)를 한자로 풀어보면 느낄 感 사례할 謝.

어떤 일에서 마음에서 우러나서 사례하고픈 느낌을 말한다. 누군가 나에게 맛있는 밥을 사 주거나 내가 갖고 싶은 물건을 주었을 때 우리들은 즐겁고 기분이 좋아진다. 그러면 나에게 베풀어 준 사람에게 감사하다고 말을 할 것이다. 이와 같이 감사는 자신 본인에게도 즐거운 일이 생기는 것이며 상대방에게도 즐거운 일이 되는 것이다. 그러므로 감사는 모두에게 좋은 일임에 분명하다. 기분이 좋으면 무슨 일을 해도 흥이 나고 재미난다. 이로 인해 삶이 즐겁고 행복해지는 것이다. 행복한 삶은 곧 매사에 활력을 불어 넣을 수 있다. 그래서 우리는 매사에 감사하는 마음을 배워야 하는 것이다.

우리들은 매일 먹는 밥을 그냥 무심코 먹기 일쑤이다. 어린 시절의 가난 때문에 먹지 못할 때가 있을 때는 밥 한 끼가 얼마나 고마운 존재인지 모른다. 하지만 사회생활을 하면서부터는, 끼니 때마다 밥 먹는 것에 대해서 큰 어려움이 없었다. 단지 내가 하는 업무상 산에 올라가서 늦게 내려오는 경우에는 제때 먹지 못하는 경우가 있을 수 있지만, 그러한 경우를 제외하고는 끼니 해결하는 데에는 큰 지장이 없기에 나 자신도 밥 먹는 게 당연한 것이지 감사한 일이 아니라고 생각해왔다. 감사한 일인지 잊어버리고 살아온 것이다. 매일 먹는 하루 세끼 식사는 나의 어린 시절 가난을 생각하면 얼마나 큰 감사 거리인지 알 수 있다.

만일 밥을 먹지 못할 경우 인간은 자연스레 배고픔에 기운이 없어 허기진 배에 신경이 집중된다. 그러면 업무처리가 잘 될 리 없다.

잊고 있었던 밥 한 끼의 식사는 감사가 되고 육체적으로 힘을 사용할 수 있게 해 주는 도구인 것이다. 그리고 지금 눈앞에 무엇이 있는지 살펴보라. 저 산에서 새들이 노는 울음소리를 들을 수 있고 향긋한 냄새를 맡을 수 있는 우리의 신체적 오감들도 감사 거리이다. 장님의 경우 앞이 안 보이니 이동하는 면에서 불편하기 그지없다. 이렇듯 신체적 건강함은 당연히 감사한 것이다. 건강하지 않다면 모든 생활이 불편할 것이다. 따라서 신체적 건강함에 대한 감사함은 나를 움직이게 하는 근원적인 힘인 것이다.

건강함은 감사이고 그 감사는 나를 움직이게 가장 원초적인 힘이 되는 것이다.

이제는 외적인 힘 말고 정신적인 힘 내면의 힘에 대해서도 이야기 해보자.

김진명 작가님을 뵐 수 있어서 감사합니다.

지난 토요일 꿈벗에서 함께 독서 토론한 '샤드'의 저자 김진명 작가님 강연회가 달성군 청사에서 있다는 소식을 접하였다. 처음에는 업무가 바빠서 시간 내어 갈 수 있을까? 하는 회의적인 생각이 들었다.

그런데 갑자기 때마침 달성 군청에 업무상 볼일이 생겼다.

혹시나 가게 되면 좋겠다고 생각했는데….

아~ 즐거운 비명… 오후 2시인 줄 알았는데 오후 3시부터 시작. 내가 도착한 시간은 3시 10분쯤. 이 또한 행운이었다. 다행히 대부분의 강연을 듣게 되었다. 그래서 또 감사합니다.

김진명 작가는 어릴 적 공부를 싫어했다. 그 대신 인간이 쓴 책을 다 읽어보고자 했다고 한다.

독서를 통해서 내면의 힘이 생겼다.

그 내면의 힘은 어떤 외적인 힘을 가진 자 보다 강하다.

첫째 아이는 공부의 신, 세상 경쟁의식만 배워 질투심이 강하다.

둘째 아이는 공부는 못했지만 모든 이에게 먼저 인사하는 습관으로 인하여 누구든지 둘째 아이를 좋아한다. 아이들에게 경쟁의식 (1등)만을 가르치는 공부는 시키지 말라고 강조했다.

끊임없이 추구하고자 하는 욕심, 경쟁, 권력, 돈에서 벗어나 희생, 정직, 봉사, 사랑, 용기 등 을 가질 수 있는 내면의 힘을 가지라고 한다.

그 내면의 힘은 자신을 고귀하게 한다.

강연 후 작가님의 서명까지 해 주시니 감사합니다.

위의 글은 소설 '무궁화 꽃이 피었습니다'의 작품 외 많은 책을 쓰신 유명 작가 김진명 작가의 강연을 들은 날의 감사 일지이다. 독서를 잘 하지 않는 나도 김진명 작가의 이름은 들어 본 적이 있다. 이날 김진명의 작가의 강연을 들으면서, 역시 사고의 폭이 넓고 많은 지식을 얻기 위해서는 많은 독서가 전제되어야 함을 알게 되어 감사한 날이었다. 김진명 작가는 내면의 힘이 강할 때는 죽음도 불사할 수 있는 용기가 생기고, 불의에도 타협할 수 없는 의지, 즉 자신만의 철학을 가질 수 있다고 하였다. 나 역시 공감하는 바이다. 내면의 힘이 어떠한 외면의 힘보다 강할 수 있다는 사실을 알게 된 후, 난 나름대로 내면의 힘을 키우기 위해 노력 해왔다. 물론 독서가 내면의 힘을 키우는 최고의 방법이기도 하지만 감사하는 마음을 가지는 것도 내면의 힘을 키우는 한 방법이다.

모든 것에 감사함을 알면 스스로가 겸손해진다. 그리고 배려심이 많아지기도 한다. 겸손과 배려는 타인으로부터 나를 함부로 대하지 않게 한다. 스스로 겸손하고 상대방을 존중하는데 어찌 아무렇게나 대할 수 있겠는가?

싸움에서의 진정한 승자는 분쟁이 있을 시에도 분노하지 않고, 상대를 용서하고 포용하는 법이다. 상대를 용서하고 포용할 수 있는 힘은 어디에서 오는가? 감사하는 마음을 가지면 용서와 포용하는 마음을 가질 수 있다고 본다.

감사는 배려, 겸손, 용서, 포용, 그리고 사랑까지, 세상의 모든 좋은 단어의 근본이 되는 것이다. 매일 감사일지 쓰기를 통해서 그 마음을 점점 키워가게 할 수 있다고 본다. 매일 단 한 줄이라도 감사일지를 쓰면서 감사하는 마음이 훈련되는 것이다. 인간은 오랫동안 행동하지 않는 행동들을 망각하기 쉽다. 따라서 망각하지 않고 매일 반복되는 행동이 지속된다면 더 단단하게 되는 것이다. 감사일지 쓰기는 내면의 힘을 아주 조금씩 쌓아가는 과정이 될 것이다.

김진명 작가도 말했듯이 내면의 힘을 키우는 방법은 독서라고 했다. 독서를 잘 하지 않은 나에게 독서를 어떻게 접할 수 있을까?

대구에 박대호 대표가 운영하는 꿈벗 컴퍼니가 있다. 이곳 꿈벗 컴퍼니에서 민진홍대표가 감사일지에 관한 강연을 한 적이 있다. 그 당시에 나는 감사일지 시즌 8를 계속해서 쓰고 있었던 때였고 그 강연에 민진홍대표가 나를 땡큐 코치 자격으로 초대하였다. 그 강연을 들은 사람들을 대상으로 21일간 감사일지 밴드 결성하여 시즌 1 감사일지를 쓰기 시작하였다. 난 그 밴드에서 감사일지 쓰는 방법과 매일 감사일지 쓰는 사람들을 체크하면서 21일간 땡큐 코치 역할을 한 적이 있었다. 땡큐 코치를 하면서 내가 살고 있는 대구에서 '꿈벗 컴퍼니'를 알게 되었다. 꿈벗에서 좋은 사람들과 간접적으로 인연을 맺게 되었으며, 매달 2번 열리는 독서모임을 가 보기도 했다. 업무가 바쁘다는 핑계로 안 가는 경우가 많기는 했지만 책을 읽어야 하는 동기부여를 받게 되었다. 그렇게 나의 감사일지 쓰기는 독서모임까지도 연결하는 매개체가 되어 독서를 통한 내면의 힘을 키우는 과정을 연결해 준 것이다.

감사는 생활의 활력을 주는 원동력이다. 무의식에서 감사함을 느끼게 하기 위해서는 매일 감사일지 쓰기가 최선의 방법이 아닌가 생각한다. 매일 반복되는 감사일지 쓰기를 통하여 매사에 사소한 것까지 감사를 느끼고 그러한 감정을 유지한다면 내가 존재하는 것 자체에 감사하기 때문에 더 삶의 애착을 가지게 된다. 그 애착은 주어진 환경에서도 작은 힘이 되어 즐거움이 가득한 인생을 이어나가는 도구가 될 것이다.

5

변화의 계기가 되다

어느새 감사일지를 쓰기 시작한 지 2년 6개월이 지났다. 그간 나에게 어떠한 일들이 있었는가를 정리하면서 감사의 위력을 느낀다.

시즌 1 '감사일지를 쓸 때는 무엇을 쓸 것인가?'에 대한 고민을 한 적이 많았다. 시즌 1 뿐만 아니라 시즌 10까지…. 시즌 11부터는 그날 저녁 자기 전 있었던 일에 대해 곰곰이 정리도 하고 반성도 하며 가장 강하게 와 닿는 감정에 대해서 작성하였다.

처음에는 매일 일어났던 일에 대하여 무조건 결론을 '감사합니다.'로 문장을 마무리하여야 하기에 불평이나 안 좋은 일도 마무리는 무조건 좋게 결론을 지었다. 차츰 모든 일에 부정적인 면보다 긍정적인 면만 보게 되어 업무도 긍정적으로 할 수 있도록 도움을 주게 되었다.

감사일지를 쓴지 한 달쯤 지난 후 감사일지 만큼은 바쁜 업무 보다 무조건 우선시 되고 있었다. 감사일지 쓰기에 미쳐 있다고 해도 과언이 아니다. 다만 한 가지, 혹시나 양은 냄비처럼 금방 펄펄 끓다가 금방 식어 버리는 게 아닌지 의구심도 가졌으나, 지금껏 참 잘 쓰고 있으니 나 역시 대단한 사람이고 별난 사람이 맞는 것 같다.

☞ 감사일지

시즌4-12 (2016.1.9.토)

어제 쓴 나의 미래 감사일지 중에 내가 리더인 ♡감사합니다♡밴드 운영에 관한 글이 있었다.

그 내용을 민진홍 대표님께서 블로그, 카스, 페북에 공유해주었다.

나의 감사일지가 더 많은 사람들에게 알려지게 되어 감사합니다.

점심때 고등학교 친구가 찾아와 내가 쓰고 있는 감사일지에 대해서 이야기하였다.

나를 찾아와 대화를 나눈 친구에게 감사합니다.

이 친구도 절실한 기독교 신자라서 감사가 주는 지혜에 대해서 전적으로 동의했다.

그리고 미래 감사일지 쓰기에 도전해보고 싶다고 했다. 나의 미래 감사일지의 힘이 다른 사람에게도 영향을 주고 있기에 감사합니다.

감사가 주는 힘이 대단함을 다시 한 번 느껴본다.

감사는 또 다른 감사 거리를 불러오고 삶을 풍요롭게 해준다.

또한 미래에 일어날 일에 대해 미리 감사로 단정함으로써 그렇게 될 확률이 높게 된다.

감사를 그냥 생각하는 것보다 글로서 표현하면 그 효과가 몇 배 이상이 된다.

이렇게 '감사'가 주는 힘은 대단하다. 이런 힘을 발휘하도록 감사일지에 미쳐있는 나에게도 감사합니다.

감사일지를 쓴지 한 달 후 (감사합니다) 밴드를 만들고 지인들을 초대하여 감사일지를 쓰도록 권장하였다. 대략 20여 명으로 구성된 그 밴드는 지금도 운영 중이다. 하지만 대부분의 회원들은 무관심이고 그중 3~4명은 매일 그날의 게시글에 감사일지를 적는다. 밴드 지기인 난 매일 아침 기상과 동시에 좋은 글을 옮겨 와 대문을 열어 놓는다. 지금도 그 열정을 그대로 유지하고 있다. 감사일지 쓰기는 나의 열정을 유지시키고 있는 도구가 된 것이다.

비록 온라인상이지만 밴드 지기를 리더라고 한다. 리더의 자질이 부족하지만 리더라는 자리는 스스로 나를 적극적이고 능동적으로 움직이게 하여 내 삶의 주인공으로 살아가도록 만들게 된다.

고등학교 한 친구가 나를 찾아왔다.

"영체 너 대단하다. 네가 쓰는 감사일지를 보고 나도 우리 가족들과 감사일지 쓰기 밴드를 만들었다"

"그래 감사일지 쓰니 뭐가 좋았어?"

"가족 간의 정도 생기고 대화도 많이 하게 되네"

미래 감사일지 대해서 이야기를 나누면 아직 일어나지 않은 일이지만, 좋은 쪽으로 일이 마무리될 것이라고 단정 짓게 됨으로써 무의식적으로 나를 그 행동으로 이끌게 하는 효과도 있다. 친구의 이야기에서 감사일지는 가족을 화목하게 해주는 도구가 되었다. 아직 우리 가족은 감사일지 쓰기를 거부하고 있다. 좀 더 시간이 필요하다.

내가 좀 더 큰 위인이 되고, 넓은 마음으로 변화를 보여주면 언젠가는 따라올 것이라고 의심치 않는다. 감사일지를 쓰게 됨으로써 일어나는 변화 중 또 한 가지는 평소 당연하거나 사소한 일에도 감사의 마음을 갖게 하는 것이다.

그전에는 한 끼 밥도 아무런 생각 없이 허기를 달래기 위해서 먹곤 했지만, 배고픔을 해결해주는 고마움을 알게 되었다. 어떠한 일에 대한 결과가 좋지 않을 때에도 나 자신을 먼저 반성하게 되며 상대방의 입장을 이해하게 해 준다. 그리고 감사일지가 준 가장 큰 변화는 가족의 소중함을 알게 된 것이다.

감사일지 쓰기에 가족에 대한 주제를 쓰는 경우가 있다. 사회생활에 집중하여 소홀했던 가족들에게 자세를 낮추어 먼저 대화를 나누며 다가가니, 화목하고 행복한 집으로 변하고 있음에 감사의 힘이 얼마나 대단한 것인지 깨달아 가고 있다.

감사일지로 인해 갑자기 커다란 변화가 결과물로 나타나지는 않았지만 마음의 평온과 행복을 느끼게 해 준다.

감사일지의 공유는 사생활의 노출이라는 우려도 있지만 그보다 더 큰 것을 가져 다 준다. 나를 알고 있는 많은 사람들이 매일 나를 지켜보고 있기에 작성을 게을리 할 수 없고, 감사일지를 쓰기 위해서 의식적으로 나쁜 짓을 하게 되는 일이 적어진다.

앞에서도 언급하였지만 대구의 꿈벗 컴퍼니에서 민진홍대표가 감사일지 강연을 할 때 땡큐 코치 역할을 해왔다. 그것이 인연이 되어 꿈벗 컴퍼니에서 주체하는 강연을 듣게 되었다. 대표적인 독서모임에도 참가하였고 대구 히어로를 발굴하여 그 주인공의 삶의 이야기를 듣게 되었으며, 또한 유명 저자들을 초청한 강연을 들을 수 있었다. 그중에서 '생각의 비밀' 저자이신 김승호 작가와 '샤드'의 저자 김진명 작가의 (강연 소식 접함) 강연은 내 인생의 방향 설정에도 큰 영향을 주었다.

지금도 독서는 잘 하지는 않지만 꿈벗 컴퍼니의 인연으로 인하여 몇 권의 책을 읽었으며 동기부여가 되는 강연을 들으면서 삶의 활력을 유지하고 미래에 대한 희망을 이어가게 되는 계기가 되었다.

그리고 민진홍 대표가 기획한 2016년 6월 25~26일 열리는 땡큐 페스티벌 행사를 계기로 전국에 많은 감사일지 동지들과 인연을 만들어 가게 되었다. 땡큐 페스티벌은 전국에 나와 같이 감사일지를 쓰고 있는 사람들이 모여 서로 자기소개도 하면서 전 국민에게 감사일지 쓰기를 보급하고자 하는 의도에서 기획한 행사였다.

예상보다 많은 사람들이 모이지 않았지만 대략 40여 명 정도가 모여 그날 토요일 밤은 감사거리가 넘쳐나는 잊지 못할 기억이 되었다. 그곳에서 만난 일부 동지들 중 일부는 공유를 계속하지 못하고 낙오한 분들도 있지만, 많은 분들이 나와 감사일지를 공유하면서 매일 온라인으로 커뮤니케이션이 이루어지고 있다.

동지들은 감사를 통하여 긍정 에너지가 넘치는 분들이 대부분이고 열정적으로 삶을 살고 계시는 분들이다. 그분들의 일상의 일부를 온라인에서 간접 체험함으로 좋은 영향을 받게 되는 행운이 따랐다.

감사일지 동지들과의 감사 에너지를 공유하면서 비록 온라인 친구이지만 같은 공통 관심사를 주제로 만났기에 아무런 부담 없이 서로의 감사일지를 읽고 감사 에너지를 얻어 가니 하루하루가 기다려지고 즐거운 시간들이 채워지고 있음을 느끼고 내 삶에 애착이 더 가게 된다.

사람의 욕구 중 표출 본능이 있다고 한다.

자신의 감정, 생각 따위를 내뱉는 방법은 말을 하는 것과 글을 쓰는 것 두 가지이다.

말을 하는 것은 혼자서도 할 수 있지만, 주로 상대방이 있어야 가능하고, 한 번 뱉으면 주워 담을 수가 없으며, 또한 보관할 수 없기에 금방 사라진다.

말하는 것에 비해 글로 자신의 생각을 표출하는 방법은 장점이 많다. 글을 쓰면 순간순간 떠오르는 감정이 기록되어 영구적으로 저장 보관이 가능하다. 그리고 수정하기가 쉽다. 말은 상대방이 있어야 하지만 글은 상대방이 있을 경우 방해가 된다. 혼자 조용한 공간에서 글을 쓰고 있을 때 마음의 평온이 찾아와 사소한 욕심을 버릴 수도 있어 마음이 홀가분해지기도 한다. 그것이 진정한 글쓰기의 행복인 것이다.

무엇보다도 감사일지가 주는 가장 큰 혜택은 글쓰기가 주는 행복을 통해서 매일 행복한 삶을 시작하게 된 것이다.

{ PART 2 }

POSITIVE THE MOMENT

무엇을 써야 하는가

매 순간순간마다 감사하다.

단지 무엇이 감사한지 모르고 있을 뿐이다.

이제 감사 거리를 찾아서 행복한 여행을 떠나자.

갖고 있는 것에 감사하세요.
그러면 결국 더 많이 갖게 될 거예요.
만약 갖고 있지 않는 것에 집중하게 되면
당신은 절대로 평생 충분히 갖지 못할 거예요.

오프라 윈프리

1

당연한 것에 감사

나는 특별히 종교를 가지고 있지 않다. 종교가 공동체 사회에 기여하는 긍정적인 측면들은 매우 긍정적으로 바라본다. 예를 들면 매주 예배드리면서 지난 일에 대한 반성을 하고 남에게 해를 끼치지 않게 정신을 훈련하는 것이다. 식사 전 감사의 기도를 드리도록 한다. 그래서인지 대체로 기독교 신자인 분들이 감사일지를 잘 쓰시는 경우가 많다.

☞ 감사일지 시즌5-13 (2016.1.31 일)

- 갱시기

오후에 밀린 업무가 있어 혼자 출근. 아침 겸 점심을 먹고 나왔으나 배가 고프다.

사무실 내에서 간단한 취사도구로 라면을 하나 끓이고 햇반 하나를 전자레인지로 데우고 집에서 가져 다 놓은 김치에다 한 그릇 뚝딱하니 배가 불뚝 일어난다. 허기를 달래어 주는 갱시기(갱죽)를 먹을 수 있어서 감사합니다.

수 많은 감사거리 중에 가장 기본적으로 감사해야 할 것은 하루에 세 끼를 먹는 식사일 것이다. 1960년대에 태어나 1970년의 가난 속에서 자라온 유년시절에 비하여 지금은 많은 사람들이 끼니 문제없이 사는 시대이다.

눈을 돌려 매스컴에서 접하는 아프리카 국가들을 한 번 보자. 아직도 끼니를 해결하지 못하는 국가들이 얼마나 많은가?

과거 우리나라의 가난했던 시대와 현재 아프리카 국민들을 비교하면 지금 우리가 속한 시대 상황은 너무도 큰 축복을 받고 있는 것이니 가장 먼저 감사해야 할 항목이 아닌가….

☞ 감사일지

시즌 25-20 (2017.4.2. 일)

오늘 하루도 무사히 살아 있음에 감사합니다.

알레르기로 인하여 근질거리며 피부가 반항한다. 내가 아닌 옆 지기님 피부가….

지인의 옆 지기 님께서 암 진단을 받았다고 합니다. 좋은 결과가 있길 기도합니다. 알레르기 & 암 진단이 다시 한 번 가장 소중한 건강에 대해서 생각하게 합니다.

잔 병 없이 살아가고 있음에 감사합니다.

그리고 감사해야 할 거리 중 하나가 신체적 건강함일 것이다. 아침에 눈을 뜨고 새로운 날을 맞이할 수 있는 것도 감사하다. 신체적으로 어느 하나가 불편하다고 해보자. 한 쪽 다리가 절뚝거린다고 눈이, 귀가, 손이 등등 신체 어느 한 부위도 소중하지 않는 것이 없다.

감사일지 쓰기 전 나 역시 신체의 건강함에 대해서 딱히 생각해 본 적이 없었던 같았다.

☞ 감사일지 시즌4-21 (2016.1.18.월)

건강(현기증)

아침마다 아파트 내 Uz 센터 러닝머신을 뛴다. 20분간 6km/hr 걷기, 10분간 8~9km/hr 달리기를 하고 나면 이마에 땀이 난다. 그리고 나서 갈증 해소 차 정수기 앞에서 물 한 잔을 마신다. 그런데 갑자기 현기증 핑~~ 하고는 나도 모르게 무의식 상태로 바닥에 넘어졌다. 순간 정신을 놓쳤다. 찰나에 가까운 몇 초 동안(?)에 온갖 잡념이 나의 사고를 지배했다. 눈을 떠 보니 주변 몇몇 분들이 내 주위에서 나를 깨우고 있었다. 그분들에게 감사합니다.

정신을 차렸다. 조금 부끄러워 사람들에게 물어보지 못했다. 얼마의 시간인지 모른다. 약 5~10초정도 정신을 놓친 것 같았다. 눈을 뜨는 순간 내가 왜 여기 있었지? 라는 생각의 혼미 상태. 이러다 죽을 수 있구나 하는 공포감. 이 상황은 무엇을 예고하는 것인가?

어쩌면 건강 관리에 대한 예고인가? 삶, 죽음에 대하여 깊은 생각에 빠졌다. 갑자기 저승사자가 나를 잡아가면 어쩐다. 아직 할 일 많이 남아 있는데…. 그간 업무 스트레스가 심한 것인가?

나는 왜 사는가? 무얼 위해 사는가? 그래 건강이 최우선이다. 업무는 조금 소홀해도 된다.

건강을 최우선에 두고 살자. 아침에 발생한 현기증으로 인해 건강의 소중함에 대해서 깊은 고민을 하게 되었다. 남은 인생 최선을 다하며 모든 이를 사랑하면서 살자!라고 스스로에게 약속한다.

이렇게 주어진 삶에 깊은 고민을 할 수 있고 살아있음에 무한한 감사를… 감사합니다.

감사일지가 건강에 대해서 깊은 고민을 하게 만들었다. 지금 젊으니까, 건강하니까, 자신만만해 하며 내팽개칠 것이 아니라 건강이 가장 소중한 자산임을 명심하고 제1순위로 지켜야 할 것임을 깨닫게 해 준 감사일지이다.

내가 하는 일은 산과 관련된 업무이다. 그러다 보니 업무상 산으로 가게 되는 경우가 많다. 내가 어린 시절에는 산에 나무가 별로 없었다. 지금처럼 우거진 숲이 아니었다. 내가 자란 곳은 농촌이어서 땔감이 보온의 주 연료였다. 이후 정부에서는 산림 보호를 위해 함부로 땔감을 하는 행위를 금지하였다. 그로 인해 우리 집을 비롯하여 몰래 벌목하는 집들이 많았다. 하루는 면사무소 직원이 동네에 들어와서 집집마다 땔감이 있는 집을 조사하러 다니는 것을 본 적이 있었다. 그 당시 아버지께서 집안에 모아둔 땔감을 완전히 감추지 못하고 어느 정도 천막과 볏단 등으로 가려 놓았으나 발각되는 광경을 보게 되었다. 나는 어린 마음에 정말 큰일 나는 줄 알았다. 하지만 면사무소 직원도 사람인지라 융통성을 발휘하여 그냥 아무런 일이 없는 듯 처리해주었다. 그 당시에는 민둥산도 많았고 우거진 숲이 없었기에 어쩌면 후손을 위해 산을 울창하게 가꾸는 것이 박정희 대통령의 사명으로 이어진 것이 아닐까.

숲이 주는 혜택은 산소 공급은 물론이거니와, 동물들도 공존하도록 해주고 비가 오면 숲이 수분을 저장해 주면서 홍수를 막아주는 역할도 한다. 숲에서 나오는 피톤치드를 맡으면 기분이 상쾌해진다. 이렇듯 숲이 주는 혜택들이 너무 많지만 우리는 모른 채 살고 있다. 눈에 보이는 풍경, 산이나 숲도 우리가 감사해야 할 존재인 것이다.

☞ 감사일지 시즌41-8 (2018.2.20.화)

KTX는 빠르다. 오늘도 고속으로 달리는 KTX덕분에 당일치기로 서울에 다녀올 수 있어서 감사합니다.

80년대 후반부터 우리나라에 자동차가 본격적으로 보급되었다. 그 전에는 부유한 사람들만이 탈 수 있었던 사치품이라고 할 수 있다. 나 역시 본격적인 사회생활을 하면서 경제활동을 시작할 무렵부터 중고 차량을 구입하였다. 이전에는 명절 때마다 고향집으로 가려면 대중교통 버스를 이용하여 3번을 갈아탄 후 20분 이상 걸어 가야만이 고향집에 도착하였다. 버스를 갈아타려면 30분 길게는 1시간씩 기다린 적이 다반사였다. 그렇게 해서 고향집에 가는 시간은 총 3시간이 소요되었다. 지금은 자가용을 이용하여 가면 40분정도 걸린다. 자가용이 없던 지난 시절에는 끔찍할 정도로 시간이 많이 소요되었다. 과거에 비해서 시간단축이 많이 되었지만 자가용이 주는 편리함을 조금씩 잊고 지내면서 자가용이 주는 감사를 모르고 지낸다.

또한 과거 내가 사는 대구에서 서울까지 가려면 서민들이 타는 무궁화를 타면 4시간이 걸리고, 그 당시 최고급 기차인 새마을호를 타더라도 3시간 30분이 걸렸다. 지금은 어떠한가? 고속열차가 생겨나고 부터는 대구에서 서울까지 1시간 50분에 갈 수 있다. 이제는 서울로 가는 고속열차에서는 지겨움을 느끼지 않는다. 무궁화를 이용했던 시절의 서울행은 무척 지루하고 힘든 기억으로 남아 있다.

세월이 변하고 문명이 발달하니 우리는 문명 발달이 주는 혜택에 대해서 고마움을 모르고 당연하게 느끼고 있는 것이다. 감사일지를 쓰면서 과거에 불편했던 것들이 지금은 감사하는 마음을 갖게 해준다.

☞ 감사일지 시즌29-8 (2017.6.13.화)

사소한 것을 발견하다.

고층 아파트는 엘리베이터가 있어야 편리하다.

아침 출근길 엘리베이터의 고마움을 발견하게 되어 감사합니다.

감사하는 마음을 가지는 습관을 들이다 보면 엘리베이터의 고마움도 알게 되는데, 아침 출근길에 엘리베이터가 없다면 내가 사는 아파트가 편리한 집이 아니라 고행의 집이라는 것을 깨닫게 될 것이다.

감사일지를 쓰다 보면, 우리가 무심코 지나칠 뿐 당연히 감사해야 할 것이 무수히 많음을 저절로 조금씩 알게 되고, 그 작은 감사가 행복한 삶을 사는 출발점이 되고 있음을 알게 되었다.

2

형식보다 마음이 중요하다

감사 일기를 쓰는 사람 중 전 세계적으로 유명한 사람은 오프라 윈프리(Oprah Winfrey)가 있다. 그녀는 30년간 매일 감사 일기를 쓰고 있다고 한다.

감사일지 쓰는 방법을 검색하면 다음과 같다.

- 한 줄이라도 좋으니 매일 써라
- 주변의 모든 일을 감사하라
- 무엇이 왜 감사한지를 구체적으로 작성하라
- 긍정문으로 써라
- '때문에'가 아니라 '덕분에'로 써라
- 감사 요청 일기는 현재 시제로 작성하라
- 모든 문장은 '감사합니다.'로 마무리하라

위의 7가지 사항 중 모든 항목이 다 중요하다. 하지만 그간 나의 경험으로 보았을 때 가장 우선해야 할 사항은 매일 작성하는 것이다. 사실 매일 작성한다는 게 정말 쉽지 않다. 특히 업무상 저녁에 술자리가 있을 경우에는 그날 자기 전까지 작성하는 것은 불가능에 가깝다. 그럴 경우 음주 전 간단하게 미리 작성해 놓으면 된다. 아니면 음주 중에라도 잠시 시간을 내어 그냥 아주 단순하게 '오늘 무사히 하루를 보낼 수 있어서 감사합니다.'라고 한 줄이라도 쓰는 게 중요하다. '오늘 하루쯤 안 써도 괜찮겠지'라고 생각할 수 있겠지만, 그렇게 하루를 안 쓰게 되면 다음에 비슷한 상황이 올 경우 또다시 건너뛰게 되고 점점 감사일지에 대한 흥미가 없어질 것이다. 안 쓰는 경우가 많아지고 결국에는 포기하게 된다.

위에서 7가지 항목을 굳이 지키려고 하지 않아도 상관없다. 다만 감사일지에 부정적인 것들을 언급하지 말고, 좋은 일이라고 생각하는 일들만 적으면 될 것이다.

예를 들면 '차량 운행 중에 접촉사고가 났어도 차량이 크게 부서지지 않고 수리비가 적게 나와서 감사합니다. 또한 큰 부상이 아니고 작은 타박상만 입어서 감사합니다.'라는 내용을 작성하여도 무방하다.

즉 차량 사고가 난 것 자체는 분명히 좋지 않은 일이지만 이미 일어난 일에 대해서 원망을 한다고 해도 되돌릴 수 없으니 일어난 일에 대해서 그나마 다행이고 감사 한 부분을 찾아서 고마움을 찾으면 된다.

만일 다행이라고 생각하는 일이 없다면 안 좋은 일이 더 크게 일어났다는 가정을 하고 그 상황과 대비해서 그나마 다행이라고 생각하는 것이다.

중요한 것은 내가 감사하는 마음을 얼마나 지니고 있는가? 의 문제이다. 어떠한 상황에서도 감사를 느끼며 감사 거리를 생각하는 자세를 우선하는 것이 감사일지가 주는 행복인 것이다.

☞ 감사일지 시즌 17-15 (2016.10.11. 화)

사방댐 측량 차 나의 일터 산으로 ….

그런데 칡덩굴, 찔레 등이 다니기를 방해한다. 힘드네~

장갑을 가져가지 않은 관계로 맨손에 낫을 들고 잡목을 제거한다.

가시에 찔려 작은 상처투성이… 이 정도쯤이야 참아야 된다.

가시에 찔린 나의 손이 조금 아프다.

낫~질할 수 있는 손이 있어서 감사합니다.

가시에 찔려 상처가 났지만 그나마 낫질을 하며 일 할 수 있는 멀쩡한 손과 팔이 있다는 자체가 정말 감사한 것이다. 감사일지를 쓰기 전이라면 아마도 장갑을 안 가져온 동료 직원을 탓하고 상처가 났으니 더욱 불쾌한 심정으로 일을 하였을 것이다. 기분이 나쁘면 다른 일도 잘 풀리지 않는다. 주어진 환경을 탓하지 말고 나에게 주어진 여건이 최고의 환경이라고 생각한다면 감사하는 마음이 저절로 생길 것이다.

☞ 감사일지 시즌9-16 (2016.4.27.수)

- 차량

종일 비 오는 날이다. 아침부터 내리는 비가 계속 내린다. 약속한 기일을 맞추기 위해서 우(雨) 중에도 현장으로 나갔다. 때마침 빗줄기가 약하여 산림조사하는 데에 큰 어려움이 없이 마칠 수 있어 감사합니다.

마치고 돌아오는데 작은 고장이 생겼다. 그동안 나의 난폭한 운전을 잘 견디어 온 차량인데….

그 차량의 스마트 key에도 작은 배터리가 있었다. 스마트 key 배터리가 완전히 방전되어 시동이 안 걸린다. 무상 AS 기간이 지났다고 한다. 할 수 없이 유상 AS로 출동 서비스를… 차량의 시동이 40여 분정도 걸리지 못하니 그간의 나의 말(馬)이 되어 같이 이동해준 차량에게 고맙다고 인사한다.

소중한 나의 이동 수단 차량에게 감사합니다.

왜 하필이면 비가 오는 날 차량의 key 배터리가 방전되어 오도 가도 못하는 것일까? 라며 투덜거릴 수도 있지만, 지금의 안 좋은 상황과 비교하면 과거에는 아무 탈 없이 잘 타고 다닌 차량의 고마움을 알게 된다.

가끔은 생활하면서 가난도 한 번쯤 겪어 보게 되면 풍족하게 사는 것의 감사함에 대해서 알게 된다.

지금 생활에 흥미가 없고 의욕이 생기지 않을 때는 일부러 고생 거리를 찾아서 체험하는 것도 삶의 지혜이다.

한 가지로 매일 자가용으로 출퇴근할 경우 한 달에 한 번쯤은 대중교통을 이용해보라. 그러면 자가용을 손수 운전하면서 다니는 것이 얼마나 시간 절약을 할 수 있는가를 절실히 느낄 수 있다.

상황에 따라서는 자차 운전 보다 대중교통이 더 편리할 때가 있다. 몹시 피곤하다면 이동 중 잠깐 잘 수도 있고 책을 읽을 수도 있고 다른 일을 할 수 있는 장점도 있다.

어떤 일을 하든지 장단점이 있기 마련이다. 감사일지 쓸 때에는 하루 동안 보냈던 시간 중 내게 좋았던 장점들만 모아서 그것에 대해서 '감사합니다.'라고 쓰면 된다.

특별히 정한 형식에 따라 작성하는 게 좋긴 하지만 그것보다 더 중요한 것은 스스로가 좋았던 것, 즐거운 것들을 골라서 '감사합니다.'라고 작성하는 게 중요하다.

☞ 감사일지 시즌29-13 (2017.6.18.일)

개나리 묘목을 주문해 달라는 부탁을 드렸는데 지인께서 곧바로 배달 해 주시니 감사합니다.
그리고 시원한 국수까지 사 주시니 난 오늘도 공짜로 얻어먹었습니다. 국수 잘 먹었어예… ~^^
고마바예

마지막 문장은 되도록 '감사합니다.'라고 맺음을 하는 것도 잊어서는 안 된다. 위의 감사 일지처럼 '감사합니다.' 와 유사한 '고마바예' 사투리로 감사의 의미가 담긴 단어로 마무리하여도 상관없다.

'~~~~ 오늘은 즐거운 일 많이 생겨서 감사한 하루였습니다.'라고 마무리 하여도 문장의 전체 문맥에서는 감사가 담긴 의미로 마무리가 되기 때문에 괜찮을 것이다.

감사하는 마음만 있다면 어떠한 형식 따위에도 얽매일 필요가 없다. 내 마음속에서 감사하는 마음이 생긴다면 부정적인 내용 들을 쓸 수도 없다. 마음에서 우러나는 감정들을 떠오르는 대로 작성하면 될 것이다. 가장 중요한 것은 느끼는 대로 마음이 움직이는 대로 그냥 쓰면 될 뿐이다.

처음 감사일지를 쓸 때는 무엇을 어떻게 쓸 것인지? 막막한 경우가 많다. 감사하는 마음이 안 생긴다면 '그냥 감사합니다.'라고 써도 상관이 없다. 다만 매일 '그냥 감사하다.' '무조건 감사하다.'라고 쓸 경우 나중에 조금씩 감사할 거리가 생겨 날 것이다.

어릴 적 배가 아플 때, 엄마가 손으로 배를 쓰다듬으면서 이제 배가 안 아프다고 얘기해 주시면 진짜 안 아픈 듯 하곤 했다. 이것은 일종의 피그말리온 효과라고 한다. 심리학에서 나오는 용어로서 그리스신화에 등장하는 피그말리온은 아름다운 여인상을 조각하고 그 조각상을 진짜로 사랑하게 된다.

피그말리온 효과처럼 그냥 무조건 감사하게 되면 진짜로 감사하는 마음이 생긴다. 나 역시도 하루 일과 중 특별히 감사거리가 없다면 당연한 것에 감사하기도 하였지만 몸이 피곤하거나 평범하고 평상시처럼 반복된 일과인 경우에는 '그냥 감사'하고 작성한 감사일지도 있다. 감정이 없는 감사로 작성하는 경우도 있긴 하지만 진정한 감사일지 작성에서는 '감사한 느낌'만 있으면 충분하다. 그날의 아름다운 추억으로 장식할 수 있을 것이다.

3

약간의 강박관념은 필요하다

감사일지 쓰기를 매일 하루도 빠짐없이 쓴다는 것은 불가능하다고 할 수 있다. 그럼에도 불구하고 매일 써야 한다. 지난 800여 일 동안 써 온 나로서도 당일에 전부 쓰지는 않았지만 하루도 빠짐없이 기록해왔다.

매일 자기 전 감사일지를 쓰게 되면 하루를 반성하는 시간도 가지고, 감사의 좋은 에너지로 하루를 마무리하면서 편안한 잠을 자게 되어, 행복지수를 높일 수 있다. 따라서 잠자기 전에 쓰는 감사일지는 아주 효과적이다.

살다 보면 매일 컨디션이 좋을 수는 없다. 누구에게나 좋지 않은 날이 있고, 하는 일들이 잘 안 풀리는 때가 찾아온다. 좋은 일이 많거나 컨디션이 좋으면 감사일지의 내용도 다양하고 재미있는 스토리가 엮이기도 한다. 하지만 컨디션이 좋지 않은 날이면 감사일지 쓰는 것 자체도 귀찮을 수 있다. 그럴 경우 단 한줄이라도 간략하게도 작성하는 기준을 만들어 놓아야 할 것이다.

영~ 기분이 안좋아서 감사거리가 없더라도 '감사합니다.'라고 적어야 한다.

한 번 쓰지 않으면 다음에도 안 쓰게 될 확률이 매우 높아진다. 나의 경우 감사일지가 가장 먼저 해야 할 1순위보다 앞선 0순위라고 늘 생각하고 나를 구속하게 한 적도 있었다. 지금 돌이켜보면 그 구속이 있었기에 내가 꾸준히 쓰게 된 계기가 되었다.

☞ 감사일지 시즌9-1 (2016.4.12.화)

땡큐 코치
솔직히 귀찮다. 쉽지 않다. 4월 9일 토요일 대구 꿈벗 컴퍼니 감사 강연 후 오늘부터 감사일지 쓰는 첫날이다.
이곳 카카오스토리에 쓰는 감사일지가 어느덧 시즌 9 첫날. 이제 완전히 습관화되어 아무런 어려움 없이 쓸 수가 있어 감사합니다.
회원 44명을 관리하는 감사 밴드에서 코치를 담당하기가 쉽지가 않지만 첫날에 내가 대문을 열 수 있어서 감사합니다.
-첫날이라 방향을 잡아 줄 필요성이 있다. 따라서 아침부터 꿈벗 컴퍼니 감사방에 대문을 열어 놓고 감사일지 쓰기에 대한 방향을 잡아 주려면 관심 있게 봐야 한다. 귀찮더라도 열심히 땡큐코치 역할을 하게 되어 감사합니다.

민진홍 땡큐 테이너는 감사일지 쓰기 시즌 1 기간인 21일간은 밴드에서 쓰게 하고 땡큐 코치를 임명하여 격려와 채찍질까지 하도록 구상한 것이다. 스스로 쓸 수 있을 때까지, 즉 완전한 습관이 자리 잡을 때까지 보통 100일간은 강제성을 부여하여 습관을 굳히는 게 좋다.

밴드에서 함께 쓰는 사람들이 있으면 서로에게 격려가 되고 나를 지켜보고 있다는 의식에 억지로라도 감사일지를 쓰게 된다. 단 한 줄이라도 매일 '감사합니다.' 이 한 문장을 작성하는 게 중요하듯 숙제를 통한 습관 형성이 중요하다.

습관이 형성되는 100일 까지는 혼자서 일기 형식으로 쓰는 것은 큰 도움이 되지 않는다. 나의 경우는 카카오스토리에 공유를 한다. 공유를 하게 되면 나의 치부라든지, 별로 좋은 일이 아닌 것도 노출되는 단점이 있다. 감사일지를 공유하면서 타인의 시선을 의식하게 되면 오늘도 나를 지켜보는 사람이 있구나? 하는 생각에 그 사람들과의 무언의 약속을 지키기 위해 매일 쓰려는 부담을 가진다. 감사일지 공유와 더불어 타인의 감사일지에 짧게나마 댓글을 달아주면 그 상대방도 나의 감사일지에 호응을 해 준다.

상대방의 감사일지에 아무런 반응을 하여 주지 않으면 아무리 나의 감사일지 내용이 좋다고 하더라도 상대방은 나를 응원해 주지 않는다. 물론 100일이 지난 지금도 내가 호응(댓글)이 없으면 상대방도 호응을 안 해 준다. 감사일지는 혼자가 아니라 함께 가는 것이다. 멀리 가기 위해서는 상대방의 감사일지에 응원을 보내면서 긍정 에너지를 받고 나의 긍정 에너지를 상대방에게 나누어 주어야 한다.

감사일지 뿐만 아니라 다른 모든 글쓰기에서도 마찬가지이다. 글은 억지로 쓰는 게 아니다. 가슴에서 느끼는 감정 즉 마음이 시키는 대로 쓰는 것이다. 감사일지를 쓰다 보니 글에 대한 매력을 저절로 느끼고 있다. 이는 누가 시킨 것이 아니다. 그냥 혼자서 저절로 와닿은 것이다.

내 블로그 또는 카카오스토리에 '혼자만의 횡설수설' 또는 '짝퉁 시의 매력'이라는 타이틀로 긴 문장은 아니지만 생활에서 떠오르는 것들을 자유롭게 써나간다. 어떠한 형식이나 틀이 짜여 있지도 않으며 느낌 가는 대로 쓰는 것이다.

느끼는 감정 그대로 쓸 경우 글이 줄줄 잘 써지는 경우가 많다. 감사일지도 마찬가지이다. 그날의 느낀 감사 거리가 마음속에서 강하게 와닿을 경우 그냥 쓰다 보면 매력적인 감사일지가 된다.

아마 지금 이 책을 쓸 때에도 마음에서 느끼는 감정 그대로 적다가 글이 자연스럽게 나온 경우가 있었다. 이럴 때 글이 잘 쓰였다는 걸 알 수 있다. 그냥 마음에서 느끼는 그 감정 그대로 쓰는 게 최고의 감사일지를 쓰는 방법이다.

이은대 작가의 '내가 글을 쓰는 이유' 책을 읽어보면 무조건 쓰라고 한다. 손이 시키고 마음이 시키는 대로 쓰다 보면 주제와 상관없이 글이 산으로 가기도 한다고 한다. 산으로 간 들 어떠하리? 글을 쓴다는 것 자체가 본연의 자신을 만나기 위해서이다.

글이 산으로 가면 내 마음도 산으로 가고 싶다는 뜻이고 글쓰기를 통해서 오로지 평온과 행복을 만나는 것이다. 평온은 깊숙이 자리 잡고 있는 본연의 내 모습과 대화를 나누고 진정한 나를 발견하는 분위기를 조성한다. 그 분위기에서 나를 만나 글쓰기에서 기록된 감정이나 생각들을 나열하다 보면 진정 본인이 원하는 모습을 떠오르게 한다.

글을 쓰지 않는다면 늘 생각만 할 뿐이지 본질적인 자신을 만나지 못하고 현재 눈앞에 닥친 상황에 따라 행동한다. 그 행동은 발전이 없다. 어제와 똑같은 오늘을 살게 된다. 글쓰기는 어제와 오늘의 삶을 되돌아보면서 내가 느끼는 감정을 펼쳐 놓고 내일로 나아갈 방향을 알려주는 데 최고의 내비게이션이다.

위에서 말한 것처럼 감사일지도 매일 쓰다 보면 어제오늘 같은 감사 거리에서 내일은 어떻게 살아야 할까? 고민을 해보는 시간을 갖게 된다.

감사일지는 글쓰기가 주는 매력에 감사하는 마음을 첨가해주니 일석이조의 효과가 있다. 감사일지는 글재주가 없다고 하는 사람들에게 글쓰기를 능력을 배양해주는 도구가 되기도 한다.

내 블로그 '내 꿈은 현실이 된다'에 매일 글을 하나씩 올리게 된다. 감사일지 덕분이다. 매일 새로운 글이 업데이트 되니까 고정 구독자들이 생겼다. 매일 내 블로그에 찾아오는 구독자가 많지는 않지만 소수의 독자들을 위해서 하루라도 글쓰기를 하지 않으면 안 된다는 생각에, 짧은 글이나마 매일 쓰게 된다. 가끔씩 올리는 블로그는 고정 독자들이 없다. 감사일지 덕분에 맺게 된 내 블로그의 고정 독자는 소중한 인연 이다.

- 생명력

모진 악조건에서도 살기 위한 몸부림.

업무차 들린 현장에서 도로변 암반에 뿌리를 내리고 그것도 낙석 방지 망의 철망 사이에서 살을 에이며 생명을 유지하는 나무를 보았다.

끈질긴 나무에서 내가 나약한 존재라는 걸 느낍니다.

우연히 보게 된 아카시 나무에게 강인한 정신을 배우게 되어 감사합니다.

감사가 주는 혜택은 또 있다. 내가 살고자 하는 이유이다.

감사 일지를 쓰지 않는다고 아무도 당신에게 뭐라고 하는 사람은 없다. 그렇다고 꼬박꼬박 쓴다고 상을 주는 사람도 없다. 하지만 감사하는 마음이 있으면 한 번뿐인 이 세상에서 내가 무엇을 할 것인가? 어떻게 살아야 할 것인가?에 대한 답을 고민하게 된다. 감사가 전제된 그 고민은 희망적인 미래에 대한 도전으로 답을 내려준다. 이것 하나만으로도 억지로라도 강제적으로 매일 감사일지 쓸 필요성이 충분하다.

4

감사한 일보다 그냥 느낌이 먼저다

감사일지를 쓰기 전에도 글쓰기의 매력을 느낀 적은 있었지만 본격적으로 흥미를 갖게 된 것은 감사일지 쓰기를 시작하면서 부터였다.

요즈음 생활하다가 순간적으로 어떠한 감정이나 감성이 떠오르는 순간, 여건이 되면 그 순간 바로 써 내려가려 노력한다. 다른 일을 하려고 미루고 나서 시간이 지난 후 그 감정을 쓰려고 하면 글 내용이 떠오르지 않는다.

글쓰기에서 우선 하여야 할 것은 순간순간 떠오른 감정을 잘 메모하여 두었다가 다시 정리하는 시간을 가지는 것도 좋은 방법이 될 수 있다.

그날에 좋은 감정이나 느낌도 충분히 감사거리가 된다.

전국이 강한 한파로 난리다. 제주공항은 이틀째 마비. 공항터미널의 승객들은 노숙자로 전락, 전라도 대설 특보 20cm 눈이 와서 농촌마을 고립, 비닐하우스 무너지고, 울릉도 1m 넘은 폭설 바다도 꽁꽁 얼었다. 내가 사는 대구에는 오늘 하루 종일 영하의 기온으로 83년 만에 가장 낮은 온도이다. 하지만 눈이 오지 않고 도로가 결빙되지 않아 운전하는 데에 지장이 없어 감사합니다.

추위로 인하여 휴일인 하루 대부분을 집안에서 따스한 온기로 지내며 휴식을 취할 수 있어 감사합니다.

겨울에 갑자기 닥친 한파로 제주도 여행객들이 공항에서 노숙을 한다는 뉴스를 접하였다. 내가 사는 대구에는 눈이 잘 내리지 않는다. 강원도는 물론이고 전라도 제주도 그리고 울릉도에는 폭설이 내렸다. 어린 시절에는 함박눈 구경을 종종 한 적이 있으나, 기후 온난화의 영향으로 눈이 과거와 같이 내리는 풍경을 접하기 힘들어졌다. 과거에 비하여 교통이 발달한 현시대에서는 눈이 내리면 차량을 운전하기가 어려워진다. 가끔은 함박눈이 그립지만 내가 사는 대구에는 폭설이 내리지 않으니 눈이 내려 도로가 미끄럽고 운전을 하기 힘든 상황은 거의 없다. 눈 구경을 못하는 아쉬움 보다 생활에 불편함이 없는 것이 참 감사한 것이다.

☞ 감사일지 시즌 28-4 (2017.5.19. 금)

- 제비, 지금은 잘 보지 못하지만 어린 시절에 흔하게 볼 수 있었던 철새입니다. 정말 오랜만에 제비가 집을 짓는 모습에서 어린 시절의 아름다운 추억이 보고 싶어집니다. 1970~80년대 과거의 기억을 회상해 준 제비에게 감사합니다.

☞ 감사일지 시즌 27-18 (2017.5.12. 금)

'내 딸이 이쁘면 사윗감은 수두룩하다.'
오전에 저를 찾아오신 분이 하신 말씀입니다. 무슨 일이든지 자신이 하는 일에 실력이 좋으면 경쟁력이 치열하더라도 일감이 넘친다는 의미입니다. 어떤 물건이 흔하더라도 그 물건이 좋으면 파는 데에는 지장이 없다는 뜻.~^^
내가 하는 일에 실력을 갖추어야 한다는 의미 있는 좋은 말씀을 해 주신 ○○○님에게 감사합니다.

누구에게 도움을 받는 것은 당연히 감사 거리이다. 하지만 매일 다른 사람에게 도움을 받은 일만 이어질수는 없다. 늘 도움을 받은 일만 생긴다면 감사의 크기가 점점 줄어든다. 그러다 보면 감사가 당연한 것으로 변하게 되고, 감사한 마음도 조금씩 없어지는 것이다. 그러니 굳이 물질적 풍요에 초점을 맞추면 안 된다. 그냥 아주 사소한 느낌이라도 감사라는 감정이 들면 그것이 감사 거리이다. 남들에게는 감사

거리가 아닐 수도 있지만 혼자만의 느끼는 감정은 자신만의 개성이 되는 것이다. 개성이 있는 감사 거리는 세상에서 본인만이 가지는 특허를 낼 만할 것이다.

☞ 감사일지 시즌 41-17 (2018.3.1. 목)

3.1절
99년 전 조국을 위해 독립운동을 하신 선조 님에게 감사합니다.
대구 앞산의 한 자락 봉우리에 올라 수성못과 대구시내를 내려다보니 감사합니다.

3.1절 날에 대구시내가 한눈에 들여다보이는 앞산의 한 봉우리에 올라 대구시내를 내려 다 보게 되어 감사하다는 내용을 적은 글에, 감사일지 동지이신 어느 한 분이 *[3.1절. 그분들에 대한 감사는 생각지도 못했는데… 자연에 대한 감사, 오늘의 우리를 있게 한 선조들에 대한 감사… 감사의 폭과 깊이가 다르십니다!!!]*라고 댓글을 달아 주셨다.

매일 특별한 감사 거리만 적을 수는 없다. 3.1절에는 일제 식민지 통치에서 나라를 구하고자 독립운동을 하신 선조들이 있었기에 지금 우리들이 부유하게 살 수가 있으니 당연히 독립운동을 하신 선조들에게 감사하는 것이다. 비온 뒤의 맑고 쾌청한 날씨에도 감사할 수가 있다.

감사할 대상은 어떠한 것이라도 좋다. 누구에게 선물이나 도움을 받은 것만이 감사거리가 아니다. 자연이 주는 쾌청함도 감사거리가 된다.

감사 거리를 한정시킬 필요는 없다. 그냥 그날에 있었던 일과에서 감사하다는 느낌만 있어도 감사거리가 되는 것이다. 감사일지를 매일 지속적으로 쓰기 위해서는 감사의 범위를 한정 시키지 말아야 한다. 마음에서 느끼는 감사의 감정은 모두 다 감사일지의 소재거리가 되는 것이다.

5

감사의 정의는 내가 정한다

감사(感謝)는 '고마움을 느끼는 마음'을 이야기한다.

☞ 감사일지 　　　　시즌 5-11 (2016.1.29. 금)

아침에 눈이 내렸다. 우리 집 앞마당이 온통 하얗게 변했다. 동심으로 돌아가서 순수한 생각을 가질 수 있게 되어 감사합니다.
대구에 올겨울 들어 처음으로 출근길에 지장이 있을 정도이다. 그러나 다행스럽게도 얼지 않아 빙판길이 되지 않았다. 출근길이 혼잡하지 않아 감사합니다.

우리나라에는 사계절이 뚜렷하다. 앞으로는 지구 온난화의 영향으로 점점 아열대기후로 변하게 될 수 있지만 아직은 봄여름 가을 겨울 주기적으로 변하고 있다. 겨울에 춥다고 투덜거리면 본인의 감정 상태만 나빠진다. 인간이 자연의 순리를 역행할 능력이 아직은 없다. 아무리 달나라까지 다녀오는 우주선을 만들기도 하고 IT 기술이 발달시키기도 하였지만 자연이 만든 순리를 따를 수밖에 없는 것이다.

겨울은 춥고 여름에는 더운 것이 자연의 법칙이므로, 법칙에 순응하는 수밖에 없는 것이 사실이다. 그러고 보니 아직 인간은 나약한 존재이다. 나약한 인간인 우리는 자연의 법칙에 적응하며 겨울에는 응당 춥다는 사실은 인정하고서, 겨울이 주는 풍경을 보게 되는 점에 고마움을 느낀다면 그것이 바로 감사일지의 주제가 된다. 겨울에 눈이 오면 하얀 풍경을 볼 수 있으니 감사 거리이다. 열대지방에 있는 나라에서는 하얀 눈을 볼 수가 없다. 순백의 흰 눈이 주는 깨끗함은 오히려 내 마음을 순수하게 해주니 감사함을 느낄 수 있다.

☞ 감사일지 시즌25-13 (2017.3.26.일)

일요일의 느긋함으로 하루를 보낼 수 있어 감사합니다.
나뭇가지가 새 잎을 내밀고 있습니다. 어제오늘 흐린 하늘과 비 오는 날씨가 몸을 움츠리게 하지만
잠시 쌀쌀한 날씨에도 불구하고 어느새 보리가 파릇파릇 이만큼 자라, 이토록 푸르름을 자랑하니 봄의 기운을 느끼게 되어 감사합니다.

최근 중국의 경제성장에 따른 난 개발로 인하여 봄이면 중국 대륙의 사막 흙먼지와 오염물질이 섞인 유해 미세먼지가 날아오는 게 매년 반복되고 있다. 70~80년대까지만 해도 황사라는 유해물질에 대한

걱정을 하지 않았다. 중국의 경제성장은 우리나라의 경제 성장에 도움을 주고 있는 점도 있으니 중국의 발전이 굳이 나쁜 점만 있을 수는 없다. 중국의 경제성장은 우리에게 좋은 점과 나쁜 점을 동시에 주고 있다. 어쩌면 세상의 모든 일들이 장단점을 동시에 가지고 있는 것이다. 단점만을 보게 되면 한없이 부정적인 면만 보게 되고 긍정적인 면들만 보게 되면 세상 모든 일들이 좋아 보이게 된다. 아름다운 세상은 스스로 만들어 가는 것이다.

2000년대 들어서면서 황사는 봄마다 찾아오는 반갑지 않은 손님이다. 반갑지 않은 손님을 그냥 오도록 하고 다른 것에 시선을 돌려 내 마음에 평화를 주면, 삶에서 감사 거리를 찾는데 도움이 된다. 겨울을 지나 봄이 되면 꽃샘추위가 찾아와 봄이 오는 것을 시샘하기도 한다. 겨울 동안 움츠린 몸을 활짝 기지개 펼 때마다 반짝 추위가 다시 몸을 움츠리게 한다. 그런 과정에서 어김없이 봄을 알리는 새순은 돋아나니 계절의 변화는 어김없이 순리에 순응한다. 매년 반복되는 자연의 순리가 오지 않는다면 어떻게 될까? 물론 수 만년 동안 늘 변함없이 정해진 약속을 지키며 우리들에게 따스한 봄기운을 전해주는 푸른 잎사귀의 새순이다. 겨울의 추위가 남아 있어도 나무는 새로운 생명을 준비한다. 이 모든 자연이 주는 법칙에 그냥 감사할 따름이다. 세상은 내가 보는 대로, 듣는 대로, 느끼는 대로 감사함이 넘쳐 난다.

☞ 감사일지 시즌29-9 (2017.6.14.수)

최근 사업의 자금 사정이 어려워 통장 잔고가 마이너스였다. 오늘 오랜만에 용역비가 입금되어 플러스가 되어 감사합니다.

2011년부터 나의 의지와 상관없이 사업체를 운영하게 되었다. 직장 생활을 할 때는 매월 정해진 급여 날에 꼬박꼬박 월급이 입금된다. 하지만 사업체를 운영하다 보면 자금이 일정하지 않다는 건 누구나 다 아는 사실이다. 자금이 일시적으로 들어올 때도 있고 한동안 들어오지 않을 때도 있다. 자금이 여유가 있을 때는 다소 안심하며 동료들에게 급여를 주는 데 지장이 없지만, 급여를 줄 돈이 통장에 없을 때는 대출까지도 고려하여야 한다. 연중 계속 마이너스가 이어진다면 사업 운영에 문제점이 있지만 일시적인 마이너스는 큰 문제가 되지 않는다. 잠시 마이너스 잔고였다가 내가 하는 일의 대가가 입금되어 플러스가 되는 그 자체도 감사 거리이다.

당연히 언젠가 받을 대가라고는 하지만 고마운 심정으로 받는다면 그 일에 대한 가치가 더욱 빛나는 게 아니겠는가?

그렇다. 일의 대가에 고마움을 부여하니, 내가 한 일이 자랑스럽고 가치가 생기는 것이다. 가치를 부여하게 되니 일의 소명의식도 높아지고 사명감도 갖게 된다. 사명감을 갖게 되니 내가 하는 일에 좀 더 영혼을 담게 된다.

☞ 감사일지 시즌27-5 (2017.4.29.토)

징검다리 연휴의 첫날은 너무 여유가 많았다. 지나치게 여유를 부리다 보니 나태로 이어졌다. 이에 반성 해 보는 시간을 갖게 되어 감사합니다.

2017년 5월 첫째 주는 5월 1일 근로자의 날, 3일은 석가탄신일, 5일은 어린이날, 9일은 대통령선거 임시공휴일이었다. 5월 2일, 4일, 8일을 연차휴가 낼 경우 토 일요일을 포함해서 최장 11일간의 긴 연휴 기간이 생긴다. 4월 29일 토요일 연휴의 시작은 누구나 지나치게 여유를 갖는다. 그러다 보면 평상시 생활 패턴이 흐트러지게 된다. 그 흐트러진 마음은 게으름으로 이어진다. 이에 따라 반성하는 내 모습에서 감사하는 마음을 갖게 하였다. 감사일지를 매일 써야 하는데 그날의 감사거리가 마땅하지 않아서 적어본 나의 반성하는 마음을 감사일지로 기록하다 보니, 나를 돌아보는 시간이 되고, 그 시간은 좀 더 발전적인 시간으로 이어지도록 인도해주고 있었다.

☞ 감사일지 시즌25-16 (2017.3.29.수)

오후의 햇살이 차창 안으로 비추면서 나에게 졸음을 전해준다. 잠시 휴게소에서 커피 한 잔으로 졸음을 이겨내고 안전한 운행을 할 수 있어서 감사합니다.

업무상 1주일에 2~3일은 나의 일터인 산으로 가거나 운전하여 외근하는 경우가 있다. 몸 상태가 좋을 때는 종일 운전하여도 피로하지 않다. 하지만 먼 거리를 장거리 운전할 경우 아무래도 피로가 빨리 올 수도 있다. 햇볕이 내리쬐는 오후 시간에 졸음이 쏟아지는 경우가 많다. 그럴 경우에는 운전하지 않는 게 최선의 방법이지만 상대방과 약속된 시간이 있으니 꼭 가야만 하는 상황이라면 졸음을 참고 갈 수밖에…. 운전하다가 잠시 쉴 수 있는 휴게소가 있으니 참 고마운 장소이다. 만약 휴게소가 없다면 쉬는 일 조차도 마음대로 되지 않아 졸음운전을 계속해야 한다. 그러다 보면 몇 초 깜빡 조는 것이 끔찍한 사고로 이어질 수도 있다. 커피 한 잔을 마시면서 잠시 여유를 갖는 것에 감사하고 휴게소가 있다는 것에 더더욱 감사할 따름이다.

세상에 있는 모든 사물들은 우리를 위해서 만들어진 것이다. 우리가 사는 세상 모든 것에 감사를 부여해보자. 그러면 마음의 평화가 찾아와 우주의 모든 것들이 우리들에게 좋은 에너지를 보내 좋은 일들로 이어질 것이다.

6

감사거리는 너무도 많다

감사일지를 처음 쓸 때에는 '뭐가 감사하지?'라고 의문을 갖는 시간이 많았다.

감사일지를 쓰다 보면 차츰 오만가지가 감사 거리이다.

당연한 것도 감사하다. 지금 이 순간도 감사하다. 교통사고가 발생해도 감사하다. 아파도 감사하다. 매사에 감사하라는 말이 있지 않는가? 주로 교회에서 하는 이야기인데 막상 감사일지를 쓰는 나에게는 매사, 아니 매 순간이 감사하다.

☞ 감사일지 시즌 21-5 (2016.12.24. 토)

부담 없이 전화를 할 수 있고 이야기를 나누고….

진심이 담겨 있는 커피 한 잔을 마시는 여유에 감사합니다.

크리스마스이브에 애들과 즐거운 시간을 함께하니 감사합니다.

크리스마스 전날 아이들이랑 대화를 할 수 있으니 얼마나 좋은가?

평상시 자녀와 대화를 잘 하지 않는 아버지인 나는 크리스마스이브 날의 의미를 가지려고 아이들과 대화를 나누었다는 것 그 자체에 의미가 있다. 그 의미에 감사한 것이다.

☞ 감사일지 시즌 21-4 (2016.12.23. 금)

조은 데이 금요일 불금 추운날 동태탕으로 안주.
내 인생 세 번째로 타 보는 헬리콥터에 감사합니다. 대구 시내를 헬기 타고 구경해서 폼 잡아 보고, 오늘 나와 동고동락할 차량도 감사합니다.
조은 데이라서 정말 감사합니다.

흔히들 금요일 저녁은 불금이라고 하면서 주 5일 근무가 보편화된 지금. 금요일 퇴근 후 2일간 쉴 수 있는 여유가 많아 모두 다 부담 없이 술자리를 하는 것이 아닌가? 모두가 똑같이 누리는 혜택도 감사한 일이다.

대부분 사람들은 헬리콥터를 타는 일이 없다. 업무적으로 세 번째 타는 헬리콥터인데 누구나 쉽게 접하지 않는 혜택을 특별히 나만이 누릴 수 있어 감사하다. 다 함께 성장하자는 뜻에는 부합하지 않지만 나만이라도 감사한 일이 맞다.

이동 시 필요한 자가용 차량도 감사한 일이다. 만일 그 차량이 없다면 어쩌나. 정류장까지 걷고 갈아타기 위해 이동하거나 시간 맞추어 버스를 기다리지 않아도 되니, 길에서 버리는 시간이 절약된다. 이 하나만으로도 충분히 감사 거리이다.

술에 취하기 위해서 지인들과 마시는 소주도 감사하다. 소주는 기분을 좋게 해주면서 부담 없이 수다를 떨며 스트레스를 풀 수 있게 해 준다. 그러한 촉매제 역할을 하는 소주도 충분히 감사한 존재인 것이다.

세상은 내가 생각하기 나름이다. 적절한 소주를 마시는 것은 흥을 돋게 하니 좋으나, 지나친 음주는 비몽사몽 상태에서 실수를 불러오고 안 좋은 일들로 이어지기도 한다. 그러면 소주가 감사할 대상이 아닌 것이 아닌가?

그 말은 맞다. 소주가 안 좋은 일들을 만든 대상이다. 취중에 말실수도 하고 다툼도 하고 시비도 걸고… 그러나 그러한 일들을 하고 나면 반성과 후회를 한다. 마지막에 술에 취해 난동을 부렸으나 그 잘못된 행동에 반성하게 한다. 단 한 번이라도…그 때 반성을 할 수 있었던 것은 소주가 원인이다. 따라서 소주는 내가 반성을 하도록 인도해 주었기 때문에 감사한 것이다.

☞ 감사일지 시즌16-18 (2016.9.23.금)

현장으로 가는 길에 나무로 만든 천하대장군들과 돌탑이 마을의 입구를 지켜주고 있다.

그리고 목적지로 가는 길에 있는 자작나무 숲속에 잠시….

우리나라의 숲은 소나무림, 참나무류림이 대부분을 차지하지만 이곳 자작나무림이 나의 발길을 멈추게 한다. 인공림 자작나무림이 주는 특색에 흠뻑 반했다. 하얀색 나무줄기가 저 나름대로의 개성을 내뿜고 있다.~^^

흔히 볼 수 없는 자작나무의 숲을 보게 되어 감사합니다.

산과 관련된 일을 하다 보니 산림과 많이 자주 접하게 된다. 그전에는 쳐다보지도 않던 마을 입구에 서 있는 천하대장군의 기둥을 이번에는 유의 깊게 보았으나, 막상 감사 일지에다 이야깃거리로 삼아야겠다고 생각하니, 늘 서 있던 나무 기둥인 천하대장군이 마을을 지켜주고 있다는 믿음을 갖게 되었다. 비록 무생명이지만 마을을 지키는 수호신이니 감사하다.

숲이 주는 혜택은 무수히 많다. 공기를 정화시켜 주고 야생동물들의 삶의 공간을 제공해준다. 비가 오면 빗물을 일부 저장해주고, 탄소를 흡수해 산소를 발생시켜 주기도 한다. 이렇게 숲으로 인해 우리가 알게 모르게 누리는 혜택들이 있다.

대다수 사람들이 소나무와 참나무를 구분할 수 있다. 하지만 이 각각의 미세한 종류는 다시 세분화되는데, 세분화된 나무의 종류에 대해서는 잘 모르는 사람들이 대부분이다. 흔히 보는 소나무 참나무를 보면 새로운 기분이 들지 않는다. 많은 사람들이 접할 수 없는 자작나무의 숲을 보면 감탄한다. 왜냐하면 평소에 잘 볼 수 없는 나무들이 많기 때문이다. 그렇게 귀한 것을 보게 되어 감동이다. 그 감동은 아주 작더라도 감사한 마음을 느끼게 해준다.

- 오후에 산림 환경 연구원 북부지원에서 2016년도 임도 사방사업 시공 감리자 간담회'가 있었다.
시작 시각보다 5분 정도 늦게 도착했다. 다른 현장에 들러 지체하다 보니 늦었다. 앞으로 시간적 여유를 많이 갖고 일찍 출발하여야 하겠다. PPT 자료로 예시를 들어가며 시공 및 감리의 중점사항 잘 설명해 주셔서 감리자의 역할에 대해 좀 더 자세히 알게 되었다. 오늘 이해가 쉽도록 강의 해주신 000 님에게 감사합니다.
- 그 간담회에 대체로 오래 만에 보는 얼굴들…. 모두들 건강한 모습이 반가웠다. 그중에 과거 신세(출장 가서 숙식제공을 받음)를 졌던 ☆☆☆님의 따님이 지난 3월 4일 계룡대에서 있었던 합동 임관식 간호사관학교를 수석 졸업하여, 대통령으로부터 직접 소위 계급장 수여를 받았다는 소식을 접하니 정말로 기쁘다. 늦게나마 이 기쁜 소식을 접하게 되어 감사합니다.
- 1월 31일에 있었던 제108회 기술사 필기시험 합격자 발표가 오늘 있었다. 산림기술사 종목에는 합격자가 한 명이다. 그 합격자는 내가 아는 여성 ㅁㅁㅁ분이다. 2011년도 학원에서 내가 강의할 때 수강하던 ㅁㅁㅁ분이다. 오늘 오후에 전화통화하였는데, 합격자 1명이 본인이라고 하니 더욱 기쁘다. 내가 아는 사람이 합격의 기쁜 소식을 접하니 감사합니다.

내 일은 아니지만 기쁜 소식을 전해 들으니 기분이 좋아진다. 그 사람이 원수 같은 놈일 때는 기쁜 소식이라면 기분이 좋기 보단 질투를 느낄 것이다. 사돈이 논을 사면 배가 아프다는 속담이 여기서 딱 맞는다.

1996년 1997년 나는 예전 직장에서 경북의 가장 오지인 영양으로 일하러 간 적이 많았다. 그때는 지금처럼 고속도로가 잘 발달되지 않아 도로 사정이 지금보다 열악한 상태였다. 그러니 영양을 가게 되면 며칠간 숙박을 했다. 처음에는 여관에서 숙박하며 업무를 처리했지만 나중에 업무상 부딪치는 현지 직원들의 집에서 신세 지는 것이 한편으로 편하기도 했다. 민폐를 끼친다는 생각은 했지만, 나중에 그 신세 이상으로 내가 갚으면 되니까. 늘 미안한 마음을 가지니 도리어 내가 더 부담이 된다. 그 부담을 안고 그 직원의 집에서 며칠간 숙박을 하게 되면 정이 싹튼다. 그게 인간 사 부딪히며 살아가는 본연의 모습이 아닌가?

그 당시 신세를 진 직원의 딸아이는 초등학생이었다. 그 후 난 직장을 옮겼고, 그전처럼 자주 연락을 하지 못하여 소식이 뜸하였는데, 우연히 알게 된 그 딸아이가 어느새 간호 사관학교를 졸업할 나이가 된 것이다. 그것도 수석 졸업이라니… 축하할 일이다. 가만히 보니 나 자신도 나이를 참 많이 먹었다는 생각이 저절로 든다. 과거의 시간들이 좋은 인연으로 유지되고 있음에 감사한 일이다.

나와 협력하는 동료로 인연을 맺은 여성 산림기술사 1호는 내 의지에 상관없이 같이 일을 하게 되었다. 내가 직장을 그만두고 산림기술사 도전을 위해서 공부하던 시절, 남을 가르치면 나에게도 공부가 되었다. 그 방법이 최고로 공부를 잘 하는 방법이다. 그 당시 내가 자신

있는 산림공학 분야의 과목을 강의한 학원에서 수강생으로 와서 내 강의를 들었다. 단번에 산림기사 합격을 하였다. 그 후 소식을 자주 전하는 사이가 아니었다. 점점 잊혀 갈 무렵, 나의 도움이 필요하다고 스스로 나를 찾아온 그분은 현재 대한민국 최초의 여성 산림기술사로서 당당하게 자신의 삶을 살고 있다.

감사하는 마음을 가지면 신(神)이 나를 도와준다. 거짓말 같아도 한 번 속는다 치고 믿어보고 감사를 생활화한다면 신은 많은 도움을 줄 것이다.

7

미리 감사하자 (미래감사일지)

미래 감사일지. 그날의 감사일지 주제를 가지고 미래에 좋은 결과가 일어날 것이라고 가정하여 과거나 현재 시제로 감사를 덧붙여 쓰는 것이다.

미래 일기는 미래에 있을 일을 어제, 오늘 있었던 일처럼 상상하며 내가 원하는 바가 이루어진 것처럼 적는 일기이다. 2009년도에 방송인 조혜련 씨가 책으로 낸 '조혜련의 미래 일기'를 처음 접하였다. 그 책을 접하는 순간 내 인생을 성공하기 위한 도구로 삼을 수 있는 도구가 바로 미래일기 이라는 느낌이 들었다. 하지만 2009년 당시 기술사 자격증을 따기 위해서 도서관으로 매일 출근하다시피 하고 있었던 나는, 미래 일기를 쓸 여유를 갖지 못하였고 미래일기에 대한 실천은 그만 머릿속에서 사라져 버렸다.

감사일지를 쓴지 얼마 지나지 않아 '벼랑 끝에 혼자 서라'저자 안겸지 작가가 미래 감사일지를 올린 글을 읽고 어~ 저것은 성공을 갈망하는 내가 해보고 싶었던 것이라 생각했다. 잠자고 있는 미래일기를 깨우게 된 것이었다. 바로 그날(시즌 3-6)부터 감사일지를 쓴 후 이어서 그날의 감사일지 주제를 가지고 미래 일기에 감사를 첨가하여 미래 감사일지를 써오기 시작했다.

나는 대체로 블로그에 그날 잠들기 전에 감사일지를 기록한다. 다음날 기상 후 블로그에 쓴 감사일지를 카카오스토리로 공유한 다음, 감사일지를 요약하여 하단부에 그날의 감사일지와 관련된 주제(소재) 거리와 연관된 미래 감사일지를 작성하고 있다.

☞ 감사일지 시즌 3-6 (2015.12.13. 일)

상상해봅니다.

감사일지와 더불어 미래 일기를 첨가해보고자 합니다.

나의 아들 결혼식 날을 미리 상상해봅니다.

나는 지식과 인격을 갖춘 행동하는 기술자. 인성이 착한 아들은 남을 도와주는 자선가. 아들의 배우자는 미모를 갖춘 예의 바른 신부. 축하온 하객들의 얼굴에 웃음이 가득하고, 식장은 복잡한 듯 하면서도 질서정연한 분위기. "너무도 기쁜 날 이구나." 감탄해봅니다.

내가 하고 이루고 싶은 꿈 이미 실현된 것처럼 가정하여 과거나 현재 시제로 작성하니, 그 자체만으로도 나를 즐겁게 해준다. 비록 상상 속 가짜이지만 잠시 성공을 이룬 착각을 하게 되어 행복해지기도 한다. 하지만 막연한 기대는 대부분 이루어지지 않는다. 미래감사일지는 앞으로 일어날 일이 내가 원하는 방향으로 일어나도록 무의식중에 나를 컨트롤한다. 마지막 문장은 '감사드립니다.'로 맺으니 감사의 효과도 더해진다. 미래 감사일지는 성공과 감사, 일석이조의 효과가 있다.

☞ 감사일지 시즌 26-11 (2017.4.14. 금)

하늘의 부름을 받은 고인의 명복을 빕니다. 슬픔을 나눈 조문객들에게 감사합니다.

☞ 미래 감사일지

2067.12.00
내가 저승사자와 함께 천국으로 가는 날이다. 올해 내 나이 백세, 꼭 한 세기를 살아왔다. 백세시대에 100세까지 살 수 있게 되어 감사드립니다. 천국으로 가면서 내 장례식장을 지켜보니 감사일지 동지들이 다녀갔다. 꼬부라진 허리에 지팡이 짚고 나를 떠나보내는 슬픔에 눈물이 흐르는 승주 샘의 모습을 본다. 나를 조문하러 온 분들에게 고개 숙여 감사드립니다.
짐승주샘 : 지팡이 안 짚고 갈 건데요. 마술공연해 드릴게요. 즐거운 장례식 ^^
강진영 : ㅋㅋㅋ승주샘과 영체샘. 미래 일기에 서로 주인공… 잼나고 좋네요 ㅋㅋ

미래 감사일지는 유머를 가미하여 적어보았다. 백세까지 살기 위해 건강도 관리하여야 한다. 불행하게 100세까지 사는게 무슨 의미가 있는가? 즐겁게 신나게 살아야지 진정 행복한 백세시대가 아닌가? 위의 미래 감사일지는 내가 행복하게 살았다는 전제를 두고, 죽는 날의 풍경에 재미를 가미하여 쓴 내용이다. 행복하게 100세를 살았으니 죽음도 두렵지 않다. 죽은 날까지 동지들과 감사일지를 공유할 것을 나 자신에게 약속을 한 내용이 함축된 일지이다. 댓글에 재치로 답한 승주샘, 재미있다고 댓글까지 달아주니 미래 감사일지는 삶의 즐거움을 가득 채워 준다.

☞ 감사일지 시즌15-9 (2016. 8. 24. 수)

예고도 없이 갑자기 (두 시간 전에 약속) 새로 입주한 아파트에 쳐들어가는 미안함보다는 부담 없이 찾아 갈 수 있는 관계(인연)이기에 감사합니다.~^^

☞ 미래 감사일지

2024.9.24
그간 정이 들었던 아파트 생활에서 전원주택으로 이사하였다. 아직 미비한 게 많지만 손수 전문가의 도움을 받아 이리저리 내가 직접 집 구조를 설계하고 조경시설까지 한 집이라서 정이 많이 간다. 이런 새로운 집으로 입주하게 되어 감사드립니다.

어느 날 지인이 새로 이사한 아파트에 갑자기 혼자서 집들이를 갔다. 노후에 전원주택에서 살고 싶은 마음을 항상 간직하고 있었기에, 그날의 감사일지 주제와 연관시켜 전원주택에 입주하는 꿈이 현실로 이루어졌다고 가정하여 쓴 내용이다. 아직 이루진다는 보장은 없지만 가능성을 갖도록 해주는 미래 일지인데, 무의식 속에 자기 자신이 전원주택으로 이사 가게 된다는 암시를 걸게 되고 기회가 왔을 때는 바로 포착할 수 있는 준비를 갖추게 하기 때문에 확률 상 더 높아질 것이다.

☞ 감사일지 시즌 6-18 (2016.2.26. 금)

농협은 농업협동조합의 줄임말이자 농민들이 출자하여 만든 권익을 위한 공공 법인기관이다. 한편 산림조합은 산을 가지고 있는 사람(=산주)들이 출자해서 산주의 권익을 위해 만든 단체이다. 나도 조그마한 산을 가지고 있어서 성주군 산림조합의 조합원으로 가입되어 있다. 매년 출자한 금액에 대해서 배당금을 받는다. 많은 돈은 아니지만 은행 이자 보다 더 많다. 이에 감사합니다.

☞ 미래 감사일지

2027년 3월 ☆일

전국 협동조합 동시 조합장 선거일이다. 난 타인의 추천에 의해 반강제로 성주군 산림조합장에 출마하게 되었다. 아깝게도 당선자와 10표차로 떨어졌다. 낙선했지만 좋은 경험을 한 것에 의미를 부여한다.

그리고 나를 추천한 이유는 2015년부터 꾸준히 써온 감사일지로 미루어 보았을 때 인성이 훌륭하기 때문이라고 한다. 비록 성원해주신 조합원들에게 죄송합니다만 욕심내지 않고 소박하게 살 수 있는 자연인으로 돌아갈 수 있어 감사드립니다.

위의 미래 감사일지는 원하는 목표를 이루지 못한 것에 감사하는 내용이다. 살다 보면 모든 일이 뜻대로 되지 않는다. 뜻대로 되지 않았을 때의 허탈, 좌절을 미리 맛보고 어떻게 그 좌절감에서 벗어날 것인가에 대한 답을 찾기 위한 미래 감사 일지이다.

미래 일기는 꿈을 이루는 방법 중 가장 쉽게 실천 할 수 있는 도구이다.

주의할 점은 결론만 좋게 단정 짓기보다는 내가 원하는 결과를 성취하기 위해 노력하는 과정을 구체적으로 작성하여 그 어려운 과정을 이겨내고 결과물을 성취했다는 식으로 좀 더 세부적인 내용으로 작성하면 더 효과적이다. 그냥 결론만 좋다 내는 것은 막연한 희망사항 밖에 되지 않는다.

☞ 감사일지 시즌 5-2 (2016.1.20. 수)

- 미래 일기

- 1월 18일자 나의 감사일지를 읽고 저를 걱정하는 마음으로 전화를 해주신 분들이 몇 분 있었다. 그분들에게 진심으로 감사합니다.

- 카친이신 MC 조미영 강사님께서, 내가 쓰고 있는 "미래 감사일지" 작성 방법 댓글을 인용하여 이쁜 칠판에다 이쁜 글씨체로 카스에 게시(홍보) 해 주셨다. 조미영 강사님에게 감사합니다.
- 또한 감사일지의 선두주자이면서 모두의 우상인 학교 아빠 짐승주 샘 께서도 나를 따라 미래 감사일지를 작성하고 있다면서 본인을 '따라쟁이' 라고 부르신다. 나의 미래 감사일지 쓰기가 주변 사람들에게 좋은 영향을 주고 있으니 모든 분들에게 감사합니다.
- 미래 일기를 글로 쓰게 되면 우리의 무의식 속에서 실제로 실현되도록 영향을 주어 이루어질 확률이 높아진다. 거기에 '감사'를 더하면 더 좋은 방향으로 일어나게 된다. 미래 감사일지를 알려주신 안겸지님, 민진홍님에게 감사합니다.

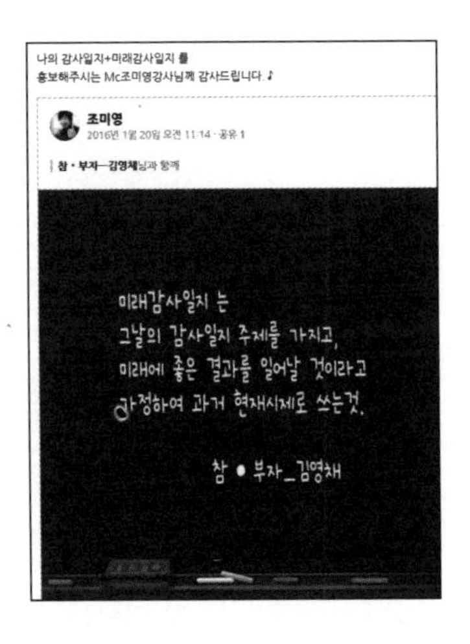

미래 감사일지의 주제에 목표를 적어보면 100가지 이상 쓰기가 쉽지 않다. 매일 감사일지를 쓰지만 이루고 싶은 것들을 매일 하루 한 가

지씩 적다 보면 미래 감사일지의 소재거리가 고갈 나게 된다. 하지만 미래 감사일지도 하루도 빠지지 않고 기록할 수 있던 것은 그날의 감사일지 내용과 관련하여 정말 이루고 싶은 것을 우선하여 기록하였기 때문이다.

감사일지는 하루에 있었던 일들은 되새기면서 쓰기에 큰 어려움 없이 작성할 수 있다. 하지만 미래 감사일지는 아직 일어나지 않은 일, 내가 원하는 바에 대해서 기록하다 보니, 풍부한 상상력이 요구된다. 감사일지보다 미래 감사일지를 기록하는 데에 더 많은 생각을 하게 된다.

☞ 감사일지 시즌 41-14 (2018.2.26. 월)

☞ 미래 감사일지 (2018.2.27)

오늘은 임도 개설 예정 대상지에 타당성을 평가하러 산으로 나왔다. 아직은 찬바람이 불어오지만 양지바른 곳에서 새순을 내밀고 있는 나무는 어김없이 계절의 변화에 순응함을 배우게 되어 감사드립니다.

아주 작은 바람도 미래 감사일지 소재거리로 충분하다. 소재거리가 마땅치 않으면 당장 내일 예정된 일에 대해 기록하여도 무방하다. 미래 감사일지를 통해 따뜻한 봄을 미리 맞이하면서 계절의 변화에 미리 감사하는 마음을 가지는 것도 좋을 것이다.

미래일지에서 좋은 결과가 일어날 것으로 쓴다면 실제로 그렇게 될 확률이 높다. 미래 감사일지를 감사일지와 함께 쓴다면, 인생의 항로에

등대와 같은 빛이 될 수 있다. 감사일지와 더불어 미래 감사일지는 분명 성공과 행복한 삶을 가져다줄 강력한 도구가 될 것이다.

{ PART 3 }

POSITIVE THE MOMENT

어떻게 써야 하는가

매 순간마다 감사하다.

감사는 느낌 그대로이다. 그냥 생각하는 대로 쓰면 된다.

조그만 것에도 감사하는 마음으로 그냥 '감사하다.'고 기록하면

그것이 감사일지가 된다.

감사하는 마음

그것은 자기 아닌 다른 사람을 향하는 감정이 아니라,

자기 자신의 평화를 위하는 감정이다.

감사하는 행위

그것은 벽에다 던지는 공처럼 언제나 자기 자신에게로 돌아온다.

이어령

1

불필요한 형식은 방해가 된다

오프라 윈프리가 이야기하는 감사일지 쓰는 방법에는 한 줄이라도 매일 써라, 마지막 문장은 '감사합니다'로 마무리해라, 구체적으로 써라, 긍정문으로 써라, '때문에'가 아니라 '덕분에'로 쓰라고 제시하고 있다.

그간 나의 경험으로 볼 때, 위의 형식에 구속받을 필요는 없다. 아주 작은 것이라도 고마운 마음이 들었다면 그때의 그 심정을 생각나는 대로 쓰면 된다. 다만 위에서 제시하는 방법대로 쓸 경우 더 효과적이지만, 감사일지를 자꾸 적다 보면 그러한 문장은 저절로 만들어지게 된다. 문장의 어느 곳이라도 '감사'의 단어가 들어가면 될 것이다.

유아가 엄마의 목소리를 자꾸 듣다 보면 즉, 수만 번 듣다 보면 저절로 말을 익힌다. 내가 부정적인 생각을 글로 쓴다면 내 마음도 불평불만으로 가득해진다. 그러니까 부정적인 상태의 기분을 쓰는 것 자체가 어쩌면 인간으로서 불행한 일이라고 할 수 있다.

일기는 매일 자신이 겪은 일에 대한 생각과 느낌을 사실대로 적는 글이다. 일지는 그날의 일을 사건 위주로 매일 적는 기록 또는 책을 말한다.

흔히들 일기는 그날에 있었던 일들을 기록하는 것이다. 일기와 유사한 일지는 있었던 일들을 모두 기록하는 것은 아니고, 특정한 주제에 대해서만 기록하는 것을 말한다. 우리가 업무일지를 적는다고 하지, 일기를 적는다고 하지 않는다. 대다수는 감사 일기를 쓴다고 한다. 감사에 대한 주제로 일기를 적으면 감사일기가 된다.

나는 민진홍 땡큐 테이너 로부터 감사일지를 전달받았다. 그 영향으로 처음부터 감사일기가 아닌 감사일지로 작성하여왔다.

그럼 내가 정의하는 감사일지는 무엇인가?

감시일지는 혼자서만 보지 않는다. 물론 공개하지 않아도 상관은 없다. 남들에게 공개하기에 부끄러운 일, 비밀을 지켜야 하는 것, 혹은 누군가의 신상에 대한 것 말고는 공개하는 것을 원칙으로 한다. 즉 특별한 비밀 말고는 공유하는 것이 더 효과적이다.

남들과 공유를 하지 않고 혼자 보는 것은 감사일기이다. 허나 남들에게 공개와 공유를 전제할 때는 감사일지라고 불러야 한다.

감사일지는 감사를 생활화하는 사람들과 함께 감사 에너지를 나누며 격려와 용기를 주고 상대방의 긍정 에너지를 가져오기도 한다. 감사일기는 공개하여도 되지만 다만 혼자서 보는 기록물에 가깝다.

감사일지를 쓰는 사람들은 최소한 함께 감사일지를 쓰는 사람들에게는 공유를 하여야 한다. 공유하지 않을 경우 감사일기라고 부르는 게 맞을 것이다.

☞ 감사일지 시즌 29-20 (2017.6.25. 일)

6·25 전쟁의 비극이 일어난 날이지만 1년 전 땡큐 페스티벌을 한 날이기도 하다. 그때 모인 감사일지 동지들과의 좋은 인연으로 함께하면서 나를 성숙하게 한 일들이 많아져서 감사합니다.

☞ 감사일지 시즌 11-3 (2016.5.26. 목)

- MB 정부 때부터 시장 경기 활성화를 위해 모든 공사(사업)의 조기집행 이라는 제도(?)가 시행되었다.
이 시행은 장단점이 있다. 어차피 시행하는 사업을 빨리 마무리함으로, 지역 경제에 돈이 빨리 풀리게 되어 도움이 된다. 또한 연말에 집중하여 발주하는 것은 연중 분산 효과도 있다. 단점은 너무 서둘러 하다 보면 신중성이 떨어진다. 또한 사업비 집행을 위해서 억지로 하다 보면 비효율적인 측면도 있을 수 있다. 올해 상반기에 조기 집행을 하려면 약 한 달여 정도 남았다. 내가 일하는 산림 분야에서도 조기 집행 할당량이 있다. 공사를 하다 보면 민원발생 현장여건의 불일치 등으로 인하여 설계변경을 하는 경우가 많다. 조기집행 한 달여 앞둔 시점에서 오늘 시공사로부터 설계변경해 달라? 그리고 빠른 시일 내로 부탁~~ 이… 가만히 아무 일 없이 있는 것보다는 설계변경 업무 대행을 하면 인건비라도 벌 수 있으니 감사합니다.

- 설계변경 작업은 대체로 복잡하지 않으나 여러 번 도면, 예산서, 수량 산출의 오류가 없는가? 검토해야 한다. 다소 번거롭고 귀찮고 그에 대가(용역비용)도 많지 않다. 그러나 내 업종이 임업 서비스업에 해당하니, 서비스 정신으로, 그리고 신뢰받는 전문가로서의 김영체를 찾아주는 것에 감사할 따름입니다.
최근에 나를 믿고 설계 변경을 의뢰해 주신 모든 분들에게 감사합니다.

☞ 감사일지 시즌 6-15 (2016.2.23. 화)

- 약속시간보다 늦게 출발하였다. 최대한 빨리 가려다 과속을.. 고속도로 진입 직전에 이동식 카메라 설치되어있었네.. 이미 때는 늦었다. 과속으로 속도위반 범칙금이 발부될 것으로 보인다. 앞으로 여유를 가지고 일찍 나서야겠다. 오늘도 반성의 시간을 가질 수 있어 감사합니다.
- 자신의 산에 임도 개설을 원하는 분이 있다. 임도 개설 가능 여부를 가늠하고자 현장에서 산주 분과 만났다. 대상지는 경북 청도 읍내에서 조망이 한눈에 다 들어오는 데다 산이 험준한 편이다. 산주가 원하는 접근 지점은 산 정상부이다. 또한 그 산줄기는 청도읍에서 해발 870m로 절경이 꽤 좋은 산이다.
여러 가지 난제가 많다. 일단 산주가 원하는 것을 다 듣는다. 여러 측면에서 접근하기 위한 방안을 검토하려고 혼자서 찾아가는 길. 신둔사 사찰로 이어지는 길이 꽤 풍치가 있다. 이름난 고찰은 아니지만 그 나름대로 사찰로 이어지는 길과 소나무림, 그 속에서 잠시 힐링을 한다. 이런 환경을 접할 수 있으니 감사합니다.

- 저녁에 사무실에 복귀 후 지도상에서 위성지도로 고민해 본다. 답을 찾을 수 없다. 차선책의 답을 제시할 수 있으나 그것도 명쾌한 답이 되지 않는다. 이럴 때 과감히 '임도 개설 불가능하다'고 답을 내리는 게 정답일 수 있다. 설령 그 불가능이라는 답을 내리더라도 고뇌는 해봐야 할 것이 아닌가? 나름대로의 답을 찾기 위해 이런저런 방안으로 고민하고 있는 나에게 감사합니다.

위의 내용은 나의 감정에 대한 감사로 작성한 감사 일지이다. 실제 내용은 일기에 더 가깝다. 그날의 있었던 일들에 더해 감사한 감정을 가미하면 그것이 감사일기가 되고 감사일지가 되는 것이다.

하루 동안의 업무 중에 했던 혼자만의 고뇌와 반성, 또한 스스로에게 주는 칭찬과 격려를 감사일지로 만든 것이다. 위의 내용은 단순한 일기라고 해도 된다. '감사합니다.'로 마무리하기 위해서 감사의 대상을 스스로 로 설정한 것이다.

함께 공유하는 감사일지는 혼자서 보는 감사일기보다 더 큰 위력이 있다. 우선 남들에게 보여주어야 하기 때문에 남들을 더 의식한다. 그러면 자연히 조금 더 정성이 들어가게 마련이다. 또한 함부로 남을 비하하거나 자존심을 건드리는 내용을 쓰지 못한다. 다른 사람을 싫어하는 내용의 글도 적지 못한다. 즉 상대방을 배려하는 글을 적다 보면 배려심을 키울 수가 있는 것이다.

감사일지를 쓸 때는 소수의 독자들이 보고 있다는 시선을 의식하여, 하루라도 거르게 되었을 때 그들에게 미안한 감정이 들 수 있다. 그런 마음은 매일 쓰게 되는 힘을 발휘한다. 감사일지의 가장 중요한 전제 사항은 공개와 공유이다. 이 원칙만 있으면 그 외 특별한 양식은 정해져 있지 않다.

오프라 윈프리는 오랜 세월 동안의 경험을 바탕으로 감사일지를 쓰는 몇 가지 원칙을 정했지만 굳이 그 원칙을 너무 의식할 필요는 없다.

나 역시 처음에는 감사거리가 뭐가 있지 하면서 하루 일과를 떠 올리며 감사 거리를 찾곤 했다. 하지만 지금은 아니다. 그날에 있었던 일들 중 가장 감사하게 생각하는 것을 적는다. 몇 가지 사항을 더 적기도 한다. 다만 특별히 구체적으로 적지 않을 경우도 있지만 감사할 만한 일들은 가장 먼저 쓰면 된다.

감사일지의 내용이 아주 세부적이고 상세하게 기록되어 있으면 읽는 사람이 더 빠르게 이해할 수 있다. 감사 일지에서 가장 우선시할 것은 늘 긍정적이고 밝은 감정을 유지하는 것이다. 그렇기 때문에 형식에 너무 얽매이면 감사 거리를 잘 찾지 못하는 경우도 있을 수 있다. 형식을 우선하지 말았으면 한다. 처음 감사일지를 쓰는 사람들이 형식에 얽매이면 가장 큰 본질인 꾸준히 쓰는 습관 자체조차도 들이지 못하고 나중에 흐지부지하게 된다.

'감사일기'인지 '감사 일지'인지 보다 중요한 것은 내가 감사한 마음을 얼마나 느꼈고 그 마음을 글로 기록하는 것이다.

2

있는 그대로 솔직하게

내가 정의하는 감사일기는 혼자서 보는 비밀 이야기이다. 하지만 감사일지는 남들에게 공개하는 것이다. 비밀로 쓰는 일기보다 공유를 원칙으로 하는 일지 형태를 쓰는 게 더욱 효과적이다.

하루 동안의 개인 사생활을 글로 작성하여 남들에게 공유한다는 것이 처음에는 왠지 부끄럽기도 하고 자신의 단점이 노출될 수도 있어 주저하게 된다.

정말 남들에게 감추어야 할 사항도 있다. 그러한 내용은 언급을 생략하고 결론만, 즉 무엇 때문에 감사한지만 간략히 기록하여도 될 것이다. 앞뒤 사항을 자세히 기록하지 않으면 읽은 이는 정확히 어떠한 상황인지 모르기 때문에 비밀을 감출 수 있다. 그리고 실명을 거론하기 곤란하다면 그냥 ○○○으로 표기하여도 된다.

☞ 감사일지 시즌 30-7 (2017.7.3. 월)

- 병문안 가는 데 동행하여 주신 ○○○님 감사합니다. 함께하는 아름다운 세상에 살고 있어 감사합니다.

위의 감사일지 내용에서 누가 언제 어디가 아파서 어느 병원에 입원하였는지 알 수 없고, 병문안 동행자가 누구인지 알 수도 없다. 아픔을 나누는 사람들이 있기에 세상은 아름답게 보이는 것이며, 그런 아름다운 세상에 속하여 있다는 사실에 감사한 마음을 표기한 것뿐이다. 동행해 준 ○○○에게도 감사하지만 세상의 어두운 것도 좋은 방향으로 해석하게 되어 긍정적이고 희망적인 삶을 이어나가게 한다.

☞ 감사일지 시즌 12-18 (2016.7.1. 토)

- 습관은 자연스레 행동하게 한다. 내가 잠에서 깨는 시각은 05시 30분 전후.~^^ 그러면 [감사합니다] 밴드의 대문을 열고 카카오스토리에 밤사이 공유되어 있는 감사일지와 댓글을 확인한다. 오늘은 새벽 4시경 잠에서 깼다. 밤사이 올라온 감사일지 소식을 확인하고 다시 잠들었다. 알람 소리에 다시 잠이 깬 시각은 5시 45분. 잠을 설친 까닭에 비몽사몽 몽롱한 상태이다. 아파트 내 Uz 센터에 운동을 하러 갈까? 말까? 갈등하다가 말까? 가 우세했지만 오늘이 마침 7월의 첫날이라 굳센 마음으로 갈까?로 전환, 2cm 방 문턱을 넘었다.
방 문턱을 넘어 땀을 흘리고 나니, 나태함을 이겨 낸 나 자신에게 감사합니다.

- 터널 안에서 출구를 향해 달려가듯, 이제 나의 삶도 터널을 빠져나와 조만간 밝은 빛을 보게 될 것이다. 그래서 더욱더 열심히 달려 나가야 할 것이다. 7월의 첫날이자 2016년 하반기를 시작하는 첫날에 2cm 방 문턱을 넘어 희망을 갖게 되어 감사합니다.

아침 기상과 동시에 이부자리를 박차고 나와 운동을 할 것인가? 그냥 좀 더 누워 잘 것인가? 두 가지 생각이 교차하면서 스스로 끊임없이 갈등한다.

이럴 경우에는 그냥 아무 생각 없이 순식간에 이부자리를 박차고 나오면 아무런 어려움 없이 실천하게 되는 경우가 많다. 하지만 좀 더 누워 있으면 우선은 편하지만 계획을 제대로 실천하지 않았다는 생각에 후회가 되는 경우가 거의 대부분이다. 결국 게으른 자신을 이겨내고 승리를 쟁취한 것이다.

위의 감사일지 내용은 굳이 남에게 감추고 싶은 내용이 아니기에 아침에 눈이 떠지고 난 후의 자신의 갈등을 전개하면서 상세히 기술하였다. 자신이 느끼는 감정을 일어난 사건 순서대로 기록하면 그것이 기록물이 된다. 남들에게는 가치 없을지 모르지만, 본인 스스로에게는 엄청난 가치가 담긴 역사적 기록으로 남는다.

나태함을 이겨낸 데에는 공유(공개)의 힘이 크게 작용했다. 만일 공유하지 않는다면 남들의 눈을 의식할 필요가 없다. 그러다 보면 아무래도 나태한 자신에게 주저앉을 확률이 많다. 공유함으로써 남들에게 보여주기 위함이 아니라 남들의 눈의 빌려 좀 더 발전해나가는 기회를 만들기 위한 도구로 삼으면 되는 것이다.

☞ 감사일지　　　　　　　　　　　　　　시즌 8-12 (2016.4.2. 토)

- 예정과 달리 새벽 4시, 늦게 잠을 청했다. 9시가 안 되는 시각에 전화벨이 울린다. 몽롱한 상태에서 전화를 받으니 급히 처리할 일이 생겼다. 덕분에 오전 내 늦잠을 자지 않아서 감사합니다.
- 오후에 약속된 현장 방문 일정이 상대방의 시간이 여의치 않아 미루어졌다. 오후가 한가 해 졌다. 그 덕분에 Uz 센터에서 운동을 할 수 있어서 감사합니다.
- 그저께 처갓집으로 배달 주문한 TV가 도착했다는 연락을 받았다. 그런데 TV 화면이 깨졌다. 아마 배달 시 파손된 것 같아 다시 반품을 해야 한다. 흥분하지 않고 차분히 상황을 대처한 것에 감사합니다.
- 저녁시간 zam 리더 조건민 님으로부터 대구에 곧 도착한다고 톡이 왔다. 그런데 톡 알림 소리가 무음으로 되어 곧바로 답을 못했다. 시간이 늦은 관계로 내일로 미루게 되었다. 그 덕분에 저녁시간을 집에서 편히 쉴 수 있어 감사합니다.

하루 일과를 보내다 보면 종종 예상치 못한 일들이 생길 수 있다. 하지만 그렇다고 해서 반드시 좋지 않은 결과만 생기는 건 아니다. 인생은 새옹지마(塞翁之馬)라는 사자성어가 있다. 말을 타고 놀던 아들이 다리를 다쳐 징병을 당하지 않아 전쟁에서 살아남았다는 이야기는 복은 화가 되고 화는 다시 복이 될 수 있다는 점을 생각나게 해 준다.

지금 주 5일 근무제가 정착이 되었다. 아직 주 6일 근무를 하는 곳이 있기도 하지만 대부분 주말인 토요일은 쉰다. 아무래도 주말에 쉬게 되면 여유가 많다. 그 전날 저녁부터 마음의 여유가 많아 나태해지기 일쑤다. 그러다가 꼭 해야 하는 일들을 미루기도 한다. 딴 청을 피우기도 한다. 술자리를 하는 수도 있다. 그러면 새벽녘까지 잠자리에 들지 못한다.

당연히 늦게 취침했으니 늦게 일어나게 마련이다. 더구나 쉬는 날에는 더 푹 쉬는 경우가 많다. 자신의 목표와 할 일이 정해져 있는 사람들은 토요일에도 자기계발을 위해서 시간을 투자하기 때문에 늦잠을 자지 않는다. 보통 사람들은 주말에 한가로움과 여유를 가지게 된다. 아직 좀 더 자야 할 시간에 한 통의 전화벨은 늦잠을 자지 않도록 하게 해주었다. 전화벨 소리가 감사의 대상이 된 것이다. 이처럼 전화벨이 늦잠을 자지 않도록 잠을 깨워 준 고마운 소리였던 것이다.

내가 운영하는 사무소의 전산용품 거래처에서 판매하는 TV가 유명 메이커 제품은 아니지만 성능 면에서 뒤질 것이 없고 가격이 무척 저렴하다는 이야기를 들었다. 처갓집은 아직도 아날로그 텔레비전을 사용하고 있다. 저렴한 디지털 텔레비전 한 대를 구입할 기회가 있었다. 워낙 가격이 저렴하여 한 대 주문하고 처갓집으로 배달을 시켰다. 배달과정에서 TV 액정이 깨져 기분이 몹시 나빠졌다. 브랜드와 중소기업 제품 간에 이런 작은 부분의 차이가 있음을 알게 되었다. 대기업 제품은 자사에서 직접 배달하지만 중소기업은 배달 전문 회사를 통하여 배달하면서 사고 발생 위험이 높은 이유를 알게 된 사건이었다. AS를 못해 준다고 하니 순간적으로 흥분하여 항의를 하려고 하였으나, 주변 사람들의 만류로 차분하게 흥분을 가라앉히는 시간을 갖게 되었다. 또한 나의 부족한 인성(人性)을 반성하게 된 충분한 시간이었다.

감사일지를 쓴다고 해서 모두가 훌륭한 인성을 갖춘 선구자가 될 수는 없지만 감사일지를 써야 하는 책임감, 또한 나를 되돌아보는 반성과 함께 앞으로 쉽게 흥분하지 않겠다는 각오를 다지게 된 기회였다. 나 자신을 좀 더 성숙하게 만든 것이다.

감사일지는 어떠한 상황에서도 '감사'로 결론을 지어야 한다. 그러므로 모든 일들이 긍정적으로 바뀌게 된다. 남에게 밝히지 못하는 내용은 기록하지 않지만 나를 위한 글이 되고 발전적인 자신으로 이끌어 주는 감사일지가 된다. 또한 감사는 거짓을 동행하지 않는다. 감사일지 만큼은 최소한 부정적인 글을 쓸 수가 없다. 그의 영향으로 나의 감정을 느낀 그대로 작성하게 된다. 고마움에 대한 솔직한 심정 즉 진솔(眞率) 한 생각을 자기 전에 정리하며 하루를 마감하므로, 다음 날을 기약하면서 포근한 잠자리를 맞이한다.

3

감정이 불편할수록 매일 써야 한다

전국에 많은 감사일지 동지들이 있지만 매일 하루도 빠지지 않고 그날그날의 감사일지를 꼬박 작성하는 동지들은 그리 많지 않다. 아니 없다고 보면 된다. 다만 하루 이틀 미루어서 한꺼번에 작성하곤 한다. 나 역시 몸이 피곤하면 깜빡 졸았다가 다음날 새벽에 잠에서 깨자마자 감사일지를 작성하는 경우가 가끔씩 있다. 지금은 습관화되었기에 하루 일과 중 어떤 일보다 우선순위에 있다.

감사거리가 많을 때는 즐거운 기분으로 아주 쉽게 작성을 한다. 하지만 종일 특별한 감사거리가 없고 별로 좋지 않은 일들이 이어진 경우에 감사일지 주제를 무엇으로 정할 것인지 고민하게 된다. 하지만 막상 감사일지를 쓰다 보면 아주 단순한 내용이더라도 작성하게 된다. 그냥 자기 전에 생각나는 대로, 글자가 쓰이는 대로 솔직한 감정으로 쓰면 되는 것이다. 다만 남들이 읽어보면 시시한 내용이라서 공개하기가 꺼려질 수도 있지만 내용이 중요한 게 아니라 감사한 마음을 오늘도 이어가고 있음에 더 큰 의의가 있다.

☞ 감사일지 시즌 28-16 (2017.5.31. 수)

- 신록의 계절 오월을 마무리하게 되어 감사합니다.
- 현장에서 나갔다. 차량 앞쪽 타이어 하나가 찢어져 운행이 불가 꼼짝도 못하게 되었다. 자동차 보험회사에 연락하여 견인조치할 수밖에… 그나마도 감사합니다.

새 타이어로 교환하고 귀청하여 컴컴한 사무실에서 늦은 시간까지 업무를 보게 되니 이 또한 감사합니다. 타이어 파손을 막상 겪어보니 그간 아무 탈 없이 차량 운행을 한 것에 너무도 감사합니다.

사실 감사일지 작성하는 것 자체가 감사하다.

감사일지를 쓰지 않으면 짜증만 낼 것인데, 매일 쓰는 감사일지는 억지로라도 긍정적 마인드를 갖게 한다.

매일 감사일지를 쓰는 나에게도 고맙다.

내가 하는 일 자체가 산과 관련되어 있다 보니 산으로 많이 가게 된다. 그날도 현장에서 업무를 마치고는 운전해서 돌아가는데, 앞바퀴 하나가 공기압이 쑥쑥 내려간다. '지랄 염병하네' 혼자서 중얼거린다.

혼자서 중얼거린들 무슨 소용이 있나? 그전에 나온 차량은 예비 타이어가 있고 간단히 바퀴 교체를 할 수 있는 도구들이 차량에 실려 있다. 요즘 차량은 아예 예비 타이어 자체가 없다. 더불어 타이어 교체하는 도구도 없다. 그 이유가 자동차보험에서 간단한 정비, 즉 차량 펑크,

차 문 잠김, 유류 소모 등의 간단한 수리는 연 5회 정도 처리해주기 때문이다.

갓 사회생활을 시작했을 때는 같은 상황이 벌어졌을 때 이마에 땀을 뻘뻘 흘리면서 교체했었다. 그 당시 차량정비를 제대로 하지 못하여 혼쭐난 기억이 선명하다. 지금은 보험회사에서 처리해주니 세상의 변화를 알게 된다.

그날도 비포장도로를 다니다 보니 타이어 옆구리가 찢어지는 일이 생겼다. 아마 뾰족한 파쇄석에 의해 찢어졌을 것이라고 추측했다. 하지만 그 원인이 사람이 아닌 사물에 있다 보니 혼자서 하소연 한들 무슨 소용이 있으랴.

지난해 연말에 새로 구입한 차량이라서 예비 타이어가 차량에 실려 있지 않다. 하는 수 없이 보험회사에 전화하니 견인차량을 보내주었다. 만약 타이어에 펑크가 난 것이라면 때우면 그만이지만, 찢어졌으니 견인을 할 수밖에 없었다. 도심이 아니라 어느 촌 동네의 뒤편 야산 입구임에도 견인차가 쉽게 내 위치로 금방 찾아오니 감사할 따름이다. 하나를 더 구입해야 하는 상황이다. 요즈음 인터넷이 발달하여 바가지를 씌우는 업체는 없다. 막 사회생활을 시작했을 때 중고차 한 대를 구입한 적이 있다. 그 차는 사소한 고장이 잦아서 종종 수리하곤 했었다. 그 당시 바가지를 당한 기억도 있다. 그러나 세상은 많이 투명해졌고 점차 선진국이 되고 있음을 알게 된다.

만일 감사일지를 쓰지 않았다면 짜증스럽게 인상을 쓰면서 불편한 심정으로 '에이 씨 재수가 더럽게 없는 날이네' 하면서 투덜거렸을 것이다. 하지만 그렇게 하지 않았다. 그냥 발생한 일을 순순히 받아들였다. 견인차가 와서 타이어를 교체할 수 있었던 것에 초점을 맞추고 집중하다 보니 자연스럽게 짜증이 금방 도망갔다.

매일 쓰는 감사일지의 힘은 좋지 않은 상황이 발생하여도 불편한 감정을 통제하는 최고의 무기가 된 것이다. 앞으로 짜증스러운 일들은 조금씩 사라지고 즐거운 일들만 생길 것이다. 그것이 감사일지의 파워이다.

☞ 감사일지 시즌 27-15 (2017.5.9. 화)

- 아침부터 비가 주룩주룩 내렸다. 예상치 못한 빗줄기로 인하여 예정된 바깥활동을 못하게 되었으나 대신 실내에서 보내게 되어 감사합니다.

여행하는 사흘째 예상치 못한 비가 새벽부터 내린다. 평상시 같으면 비가 내려도 별 상관이 없다. 하지만 오늘은 다르다. 그것도 비싼 경비를 들여서 온 자유여행에 비가 내려 야외활동에 차질이 생겼다. 확실히 반가운 비는 아니다. 그렇다고 나약한 인간이 신에게 저항하지도 못한다. 하늘에서 내리게 하는 비를 어쩔 수 없이 맞을 수밖에 없다.

야외에서 보냈어야 할 시간은 자연스럽게 실내에서 보내면서 쇼핑센터와 지하철 상가를 돌았다. 나름대로 예정에 없는 장소에서 쇼핑하며 감사함을 찾게 되었다. 이렇듯 감사일지는 기분이 나쁜 상황에서조차 나의 마음을 다스리게 해준다. 여건이나 상황을 탓하는 것이 아니라 그것을 이해하고 차선책을 찾아 노력하게 된다.

감사일지를 나는 이제 떼려야 뗄 수가 없다. 나를 차분하게 통제하는 도구이다.

☞ 감사일지 시즌 18-3 (2016.10.20. 목)

- 경남 창녕군과 경북 청도군 경계지점에 있는 간이 휴게소에 들려 어묵과 촌두부로 부족한 점심 식사를 때우다. 저녁시간이 한참 지났음에도 저녁 식사를 하지 못한 관계로 어묵으로 저녁 끼니를 해결한다.
나의 일터에서 하루를 보낸 후 허기진 배를 채울 수 있는 어묵을 실컷 먹은 하루였습니다.
어묵으로 끼니를 해결하게 되어 감사합니다.~^^

산에서 측량이나 산림조사를 하다 보면 식사시간을 지날 칠 경우가 종종 있다. 주로 현장에서 하던 일을 끝내고 식사를 하는 게 더욱 효율적이다. 하지만 예상과 달리 업무가 쉽사리 끝나지 않을 경우가 있다. 또 주변에 밥을 먹을 만한 식당이 마땅히 없는 경우가 있다. 그나마 다행인 것은 간이 휴게소에서 어묵과 촌부두 까지 팔고 있으니 그것으로 허기를 때울 수 있었다. 이 얼마나 고마운 일인가? 짜증 날 이유가 전혀 없다. 한 끼 정도는 매일 먹는 밥이 아닌 별미 어묵으로 때우는 것도 어쩌면 영광이고, 기억에 남을 순간이 되는 것이다. 어릴 적에는 정말 먹을 것이 없어서 굶어 본 적이 여러 번 있었지만 지금은 굶지는 않고 살고 있다. 이렇게 부유한 세상에 살고 있음에도 우리는 감사함을 잊어버리고 살고 있는지도 모른다. 밥을 제때 먹지는 못했지만 한 번쯤 색다른 끼니로 하루를 살았다는 것에 더 큰 추억이 되니 감사할 따름이다. 세상이 나를 불편하게 할수록 더욱 감사 거리를 찾는다면 도리어 그 불편함은 아름다운 기억이 되어 먼훗날 아름다운 추억이 될 것이다.

세상은 보는 시각에 따라 그 물건의 형상을 다르게 보게 된다. '제 눈에 안경'이라는 말이 있듯이 남들은 흥미를 가지지 않지만 나에겐 흥미로운 일들이 무수히 많다. 내 기준으로 그저 좋은 면을 보면서 좋게 해석하여 아름다운 세상을 만들어 보자.

4

무슨 일이든 감사할 줄 알자

매 순간이 감사의 순간이다.

☞ 감사일지 시즌 30-8 (2017.7.4. 화)

- 일찍이 나서 나의 일터로 간다. 출발할 때는 하늘이 맑았다. 1시간 후 비가 꽤 많이 내린다.
강에도 물이 가득하다. 본래의 강 역할을 본다. 비가 오니 뱀도 움직이고 않고 제자리를 지킨다. 강아지도 비가 오지 않는 곳에서 쪼그려 자리를 잡고 있다. 정오가 되니 비가 언제 내렸는지도 모르게 하늘이 열린다. 비가 오는 날에 여러 가지 풍경들을 보게 되어 감사합니다.
- 태양광 에너지를 이용하여 차량 그늘도 제공해주고 비도 가려주고 전기 생산도 하는 휴게소 시설(모듈)에 감사합니다.

그날도 아침 일찍 집에서 나섰다. 현장에서 만나기로 약속한 시간을 맞추려면 일찍이 나서야 한다. 장마기간 중이라 언제 비가 올지 모른다. 그렇다고 무작정 비가 내린다는 가정 하에 현장에 가지 않으면 업무 진행이 되지 않는다. 일이 미루어지게 된다. 일단 집에서 나설 당시 비가 오지 않아 출발하였는데 조금 지나니까 비가 쫘~악 내리기 시작한다. 이미 온 길이 있으니 무작정 현장까지 갔다. 때마침 현장에 도착하니 빗방울이 소강상태이다. 혹시 모르니 1회용 우비를 입고 산속으로 들어가 주어진 일을 한다. 비록 빗줄기와 나뭇잎에 맺힌 빗방울이 옷을 적셔도…. 그리 오래지 않아 업무를 끝낼 수 있었다. 비를 핑계 삼아 일을 미루게 되면 다음에 또다시 와야 한다. 약간의 지장은 있지만 다행히 예정된 업무를 마치게 되어 감사할 따름이다.

산속에 야생 뱀이 쪼그리고 움직이지 않는 모습도 포착하고, 강아지 한 마리가 이 산속에 어떻게 왔는지 몰라도 비를 맞지 않는 곳에서 움직이지 않는다. 동물들도 비가 내리면 행동 제약이 따른다. 인간만이 아니라 모든 동물들에게도 제한을 준다는 사실을 알게 된 것이다. 이러한 단순한 사실을 생각나게 해준 것은 바로 비이다. 사고의 폭을 넓게 해준 그날의 비는 감사할 만 한 대상이었다.

휴게소에 들리니 비가 언제 내렸는지 모를 정도로 구름이 걷히고 햇볕이 따갑게 내리쬔다. 여름날의 열기로 차량 내부 온도가 금방 끓어 올랐다. 휴게소 주차장에 설치된 태양광 집전기(묘듈) 시설은 차량에게 그늘을 제공해준다. 열기도 오르지 않으며 동시에 전기에너지를 발생시키니 참 감사한 일이다. 일석이조의 효과를 확실히 보여준 것이다.

- 한낮의 더위는 숨이 차다. 금방 피로해진다. 더위를 피하려고 새벽부터 나섰다. 함께 해준 동료에게 감사합니다.
그래도 움직이니 땀이 흐른다. 땀 냄새에 날파리들이 졸졸 따라다니면서 나를 괴롭힌다. 더운 날씨에 흘린 땀방울은 체온을 유지해 나의 건강을 지켜주니 감사하고 영광의 상처 자욱이 생겼다.
고생한 나에게 감사하다.
돌아와 개운하게 샤워할 수 있으니 감사하다.

최근에는 기상변화로 인하여 5, 6월에도 한여름의 무더위가 찾아온다. 6월에도 35도까지 기온이 오른다. 더욱이 산에서 일하는 것은 다른 곳 보다 체력이 많이 소모된다. 그래서 여름철은 하루가 일찍 시작된다. 새벽 5시 30분에 현장으로 출발하여 오전 중에 일을 마치고 오후에는 쉬는 편이 낫다. 새벽에 일찍 일어나야 하는 것 외에 업무도 효율적이고 체력 소모가 덜 되어 좋은 점이 많다. 혼자서 할 수 있는 일이 아니다 보니 동료들과 함께 나서야 한다. 새벽에 일찍 일어나 불평, 불만 없이 기꺼이 나서주니 고마운 일이다.

더위는 땀을 배출시킨다. 여름철에는 산에 모기, 벌레들과 온갖 동물들이 극성이다. 특히 땀 냄새에 파리들이 졸졸 따라 따라면서 나를 괴롭힌다. 산 파리가 눈에도 달라붙고 윙윙 거리는 울음소리도 귀에 거슬린다. 나를 괴롭히는 존재이지만 그들도 살기 위해 몸부림을 친다. 하찮은 파리에게 짜증을 낼 수도 없고 그냥 그 상황을 받아들일 수밖에 없다. 달려드는 산 파리를 쫓아낸들 다시 달라붙는다. 땀이 나는 이상 계속해서 파리는 나를 괴롭힌다.

파리에게는 감사를 느낄 수 없지만 그러한 상황에서는 나 자신을 격려하는 게 더 좋은 방법이다. 그렇게 하는 나 자신에 대해 곰곰이 생각해보는 것도 대단한 것이 아닌가? 감사일지를 쓰지 않는다면 과연 나 자신에게 이런 격려의 말 한마디를 보낼 수 있을 수 있었던가?

감사는 나에게 인내를 배우게 하는 도구이다. 어쩌면 인내를 배우도록 돕는 파리에게도 감사할 줄 알아야 하는 게 아닌가? 생각할 수도 있겠다.

☞ 감사일지 시즌 23-8 (2017.2.7. 화)

- 혼자서 고양이 세수하고 아침 일찍 출~발 그런데 고장 난 차로 인하여 고속도로가 막힌다. 그럼에도 불구하고 음악을 들으며 마음을 진정시킬 수 있어서 감사합니다.
그전에 투덜거렸는데 … 역시 나의 그릇이 조금 커진 것 같다. ㅎㅎ
- 안동에 있는 남부 지방 산림청에 들리고 나니 청량산이 눈에 들어온다. 멋있다. 호랑이 두 마리가 있어 잠시 멈춘다. 여기는 삼동재 가는 길, 비록 조형물이지만 호랑이의 위엄을 볼 수 있어 감사합니다.
- 봉화 삼동재에서 바라보는 낙동강 상류, 저 멀리 보이는 곳이 임도신설(측량) 예정지이다. 멋진 풍경 감사합니다.

혼자서 일찍 나서 고속도로를 달린다. 약속시간을 맞추려고 집에서 일찍 나섰는데 도로가 고장차량으로 정체된다. 이 상황에서도 감사를 느낄 수 있다는 것은 거꾸로 생각하기 위함이다. 그냥 부정적인 측면만 보게 되면 한없이 투덜거리게 되지만, 부정을 뒤집어 긍정으로 바라볼 수 있는 힘이 생기면 세상에 모든 것들이 한없이 긍정적으로 바뀐다.

확실히 감사일지가 나의 그릇을 시나브로 키우게 한 것은 분명한 것 같다. 감사일지를 써야 한다는 인식은 투덜거리기보다 그냥 주어진 환경을 받아들이고 그 상황에서 나를 어떻게 하면 더 좋은 상황으로 연출할 것인가? 방법을 찾게 하니, 부정적인 상황도 음악을 들을 수 있는 계기가 된 것이다. 고속도로가 정체되니 도리어 음악을 들으며 감사하게 된 것이다.

혼자서 운전하다 보면 졸음도 오고 지겹기도 하다. 반면에 둘이서 함께 가며 대화를 나누다 보면 목적지에 금방 도착하는 느낌이 든다. 하지만 혼자서의 운행도 나름대로 장점이 있다. 가다가 쉬고 싶으면 잠시 차를 세워 산, 도로 농경지 마을 등을 마음껏 구경할 수 있는 여유가 생기기 때문이다. 물론 시간 여건이 허락되어야 하지만 ….

마치 혼자서 하는 여행처럼 남을 의식하지 않고 내가 좋아하는 음악을 듣고 아니면 영어회화를 큰 볼륨으로 해 놓고 들어도 상관이 없다. 혼자서 하는 외로운 운행도 좋은 점은 얼마든지 찾을 수 있다.

감사는 세상의 보는 눈을 바꾸어 준다.

세상에서 악하다고 여기는 것들도 다른 측면에서 보게 되면 단 한 가지라도 좋은 점을 찾을 수 있다. 설령 좋은 점이 없다고 해도, 부정적이고 투덜거리게 하는 원인은 나를 시험하기 위한 일종의 자격시험인 것이다. 그것을 나쁘게만 받아들인다면 아직 관문을 통과하지 못한 것이다. 나의 인내성을 측정하는 시험대라고 생각하면 된다. 얼마나 긍정적으로 사고를 전환할 수 있느냐에 따라 단계별 인성시험에 통과하게 된다.

세상은 긍정과 부정, 선과 악 이분법으로 나눌 수 있지만 그 나누어진 결과물 중 어떤 것을 선택하느냐는 오직 본인 스스로가 결정하게 된다. 악을 선택하면 세상은 온통 나쁜 것으로 가득 차 점차 자신도 나쁘게 변하게 될 것이다. 선을 선택하게 되면 세상의 모든 것들이 한없이 멋진 장면들로 이어질 것이다. 세상의 그림을 멋있게 그릴 것인가? 흉하게 그릴 것인가의 선택은 오로지 관점에서 결정된다.

여러분들도 이제 아름다운 그림을 그리기 위해서 '감사'를 습관화할 필요가 있다.

5

단 한 줄이라도 쓰자

매일 기분 좋고 즐거울 수만은 없다. 정말 바쁘게 하루를 보내다 보면 내가 어떻게 하루를 보냈는지 돌아볼 여유조차 없을 때도 있다. 심지어 하는 일이 잘 풀리지 않고 꼬이기도 하며 재수가 없는 날이 있기도 하다. 그러한 날은 감사할 게 없을 것이라고 생각할 수 있지만 그럴수록 마음의 평온을 찾고 평정심을 찾기 위해서는 감사일지를 적어야 한다.

☞ 감사일지 시즌 29-4 (2017.6.9.금)

- 종일 피곤하다. 의욕이 없다. 오늘은 일찍 자야겠다.

그냥 무사히 하루를 지낼 수 있어서 감사합니다.

한 주를 시작하는 월요일부터 화, 수, 목, 금요일까지 5일간 열심히 일하고 나면 피로가 쌓인다. 평상시 잠이라도 푹 자고 여유로운 시간을 보냈다면 금요일에 그렇게 피로가 누적되지 않을 것이다.

일요일에 쉬고 나면, 월요일은 그나마 체력이 보충이 되었기 때문에 열심히 일해도 피곤하지가 않다. 그러나 이어지는 화요일, 수요일까지 주어진 업무를 충실히 하다 보면 점점 체력이 소진된다. 목요일, 금요일은 깡다구 정신으로 버틴다. 금요일이 되자 무척이나 피곤하였다. 세상사 귀찮았다. 그냥 아무 생각 없이 푹 자고 싶은 생각이 굴뚝같았다. 그날의 감사일지 주제 거리도 딱히 생각나지 않았다. 그냥 오늘 주어진 하루 동안 별 사고 없이 살아 숨 쉴 수 있었음에 감사한다. 단 한 줄이지만 그럼에도 감사일지를 쓰는 이유는 이 한 번으로 인해 다음번에도 감사일지 쓰기를 건너뛸 확률이 줄어들기 때문이다.

그러므로 하루에 감사거리가 생각나지 않아 별로 쓸 내용이 없다 해도 '감사합니다.'는 써야 한다. 그렇지 않으면 다음날 감사일지도 안 쓰게 된다. 아무리 피곤하여도 단 한 줄의 감사일지를 적으면 적지 않을 때 보다 훨씬 더 감사하는 마음을 유지할 수 있다.

단 한 줄의 감사일지는 매일의 감사하는 마음을 연결하는 원동력이 되는 것이다.

☞ 감사일지 시즌 30-6 (2017.7.2. 일)

- 잠자는 일요일
- 한 주간 힘들게 일하느라 온종일 녹초가 되었다. 얼리버드 기상미션 습관으로 일찍 잠에서 깨어나지만 또다시 잠이 든다. 오후에 책상

앞에 앉아 있을 때도 몸이 천근만근이다. 머리가 띵하여 또다시 잠에 취한다. 푹 쉬면서 충전할 수 있는 일요일이 있어서 감사합니다.

시즌 30-6 감사일지를 쓴지 615일째 되는 일요일이었다. 하루 전날인 토요일에는 서울까지 손수 운전을 하였다. 거의 온종일 장거리 운전을 하였다. 서울에 소재한 학원에 매주 토요일 9시부터 오전 강의를 들으러 가는 직장동료와 가는 길이 같아 차비도 아끼고 대화도 나눌 수 있기 때문이다. 오전 9시까지 서울에 도착하려면 여유를 가지고 출발하여야 한다. 그러면 최소한 5시에 기상해서 5시 30분에 출발한다. 동료는 오전에, 나는 오후에 각자 다른 곳에서 강의를 듣는다. 일찍 출발하여 오전에는 인천에 사시는 형님 집에 부모님이 주시는 채소를 전해주었다. 그리고 인천대교를 건너 영종도까지 드라이브를 하였다. 그렇게 시간을 때우고 난 뒤 오후부터 내 일을 보기 위해서 목적지로 향한다. 주말 수도권 지역 고속도로는 정체되었다가 풀렸다가 한다. 이처럼 운전하는 것은 일정한 속도를 내면서 달리는 것보다 더욱 피곤하다.

내가 마칠 때까지 기다린 동료와 함께 집으로 돌아오니 이미 밤 10시였다. 교대로 운전을 하였지만 거의 온종일 운전을 했기 때문에 피로가 많이 쌓였다. 피로가 쌓여 곧바로 잠들었지만 그 간의 습관 때문인지 늘 5시~6시경에는 잠에서 깬다. 잠시 수면을 취했음에도 몸은 천근만근 피로가 풀리지 않는다. 또다시 누워 있으니 선잠을 자게 된다. 아침식사를 하고 또다시 몸을 방바닥에 눕혀 놓으니 잠이 들었다가 깼다가 반복한다. 그렇게 오전 시간을 보내고 책상 앞에 앉아 있지만 정신이 멍하다. 하고자 했던 일들은 접는다. 그렇게 하루 종일 졸다가 생산적 이지 못한 하루를 보냈다. 비효율적이고 비생산적인 일과를 보낸 하루에 감사할 대상이 무엇인지? 찾을 수 없다. 감사할 거리가 없다.

아니다. 감동을 줄 만큼이 아닐 뿐 감사거리는 분명 존재하고 있다. 종일 졸면서 보냈지만 피로를 해소할 수 있도록 도와준 잠 자체는 감사의 대상으로 충분하다. 무사히 하루를 보냄으로 정상적인 활동을 하기 위한 휴식을 보낼 수 있는 것 자체가 큰 감사의 대상이 된다.

긴 인생, 많은 날짜 속 단 하루는 어떻게 보면 아주 미미하다고 할 수 있다. 미미한 하루 정도는 감사일지를 쓰지 않아도 문제가 없어 보일 수 있지만 결국 다음에 영향을 미치게 된다. 지금껏 하루도 빠지지 않고 써 왔기에, 오늘이 감사일지를 쓰지 않은 어색하고 부끄러운 첫날이 되지 않도록 어쩔 수 없이 단 한 줄 이라도 감사일지를 쓰는 것이다.

6

함께하면 오래 쓸 수 있다

일기는 혼자서 보는 것이고 일지는 남들에게 공개해야 하는 것이라고 내 스스로 정의하였다.

감사일기가 아니고 감사일지이기 때문에 남들에게 공개를 하여야 한다. 일부를 제외한 대부분의 사람들은 SNS 상에서 자신의 신분 노출을 꺼려 하는 것 같다. 매일 좋은 일 기쁜 일들만 일어날 수 없기에 어떤 날은 감사일지의 주제가 싱겁게 채워지기도 한다. 그러다 보면 제3자에게 공개하기에 부끄러운 마음이 든다. 기쁘지 않은데 거짓으로 쓸 수 없지 않은가? 다만 앞뒤 주제의 전개가 매끄럽지 못하더라도 공개하기 어려운 부분은 언급하지 않고 좋은 내용들만 채우면 될 것이다. 자신이 감사하는 마음을 부끄러워할 필요가 없다. 다만 개인적인 비밀이나 얼굴 공개가 꺼려진다면 사진은 모자이크 처리하고 이름은 가명 내지 ○○○으로 표기하면 될 것이다.

☞ 감사일지 시즌 6-4 (2016.2.12. 금)

- 감사일지의 공유
- 매일 기록하고 있는 감사일지를 카스에 공유하는 것은 보람된 일이다. 어떤 이는 흔적과 댓글을 남겨 주시니 감사하고 누군가는 흔적도 남기지 않지만 '감사 에너지'라는 좋은 기운을 가져갈 수 있으니 이 또한 고마운 일이 아닌가? 감사일지를 읽으시는 모든 분에게 감사합니다.
- SNS (Social Network Service)를 이용하는 내 주변 사람들은 카스보다 페이스북을 이용하는 경우가 많다. (기타 트위터 등 내가 사용하지 않음)
난 페북보다 카스가 편하다. 보다 많은 사람들에게 감사일지를 전파하기 위해서 페북에 서로 감사일지를 공유할 것인가? 고민도 해보지만… 당분간은 카스에 집중하기로 한다.
이곳 카스에서 감사일지를 공유하면서 다른 감사일지를 쓰는 분들과 소통, 격려 등 좋은 에너지를 주고받으며 삶의 활력이 되니 감사 또 감사합니다.

☞ 감사일지 시즌 14-1 (2016.7.26. 화)

어느 듯 감사일지 시즌 14 시작이다.
21일간 한 시즌 동안은 비공개 밴드에서 시즌 1을, 그 이후 시즌 2부터는 카카오스토리에서 작성 그리고 시즌 11은 블로그에서 쓴 후 카카오스토리에 공유하였다.

그간 매일 써 온 감사일지가 나에게 준 선물 목록을 적어 본다.

1. 글쓰기 연습이 된다.
2. 긍정적인 생각을 더 많이 갖게 된다.
3. 사진을 많이 찍게 된다.
4. 가정의 행복을 위해 내가 무엇을 할 것인가? 생각한다.
5. 다른 사람의 감사일지에 내가 먼저 댓글을 달면서 먼저 베풂을 배운다.
6. 혼자서 해낼 수 없다면 포기하는 것이 아니라 다 함께 하는 공동체 의식을 배운다.
7. 책 읽기를 많이 하게 된다.
8. 품격이 높은 사람들과 인연을 맺을 수 있다.

시즌 13기간 동안 써온 감사일지가 준 위와 같은 선물에 감사합니다.

일기 형식으로 남에게 공개하지 않을 경우 그날의 감사거리가 마땅하지 않거나 별로 쓸 게 없을 때에는 감사일지를 쓰지 않을 확률이 높다. 피곤한 때 역시 작성하지 않을 확률이 높아진다. 나 역시 몸이 피곤할 때는 감사일지를 작성하지 않고 잠든 적이 여러 번 있었다. 하지만 나의 감사일지를 구독하고 있는 몇몇 사람들이 있기에 그 다음날 잠에서 깨면 곧바로 작성하려고 한다. 남에게 공개하지 않으면 감사일지를 써야 한다는 강박관념이 없기 때문에 쓰지 않는 경우가 많아진다. 공유는 매일 감사일지를 쓰게 하는 힘이다.

카카오스토리 또는 블로그에 작성한 감사일지의 댓글난에 쓰는 경우를 살펴보자. 사람들은 각자 자신의 취미 또는 구독자와 관련된 내용이라면 대부분 단 한 글자라도 남기는 경우가 많다. 대다수 사람들이 남의 이야기보다 자신의 이야기를 들어줄 때 호응이 더 좋다. 본인의 입장 보다 상대방의 입장에서 이야기를 하고 상대방이 하는 이야기를 들어줄 때 대부분의 사람들이 호감을 가진다.

감사일지를 카카오스토리로 공유하는 몇몇 분들이 있다. 매일 카카오 스토리에 올라오는 그분들의 감사일지를 일일이 다 읽지는 못한다. 최소한 몇 줄 정도는 읽어본다. 또한 댓글난에도 매일 댓글을 달아주지는 못한다. 댓글도 일종의 품앗이이다. 내가 먼저 그분들의 감사일지에 댓글을 달아줘야 그분들도 나의 감사일지에 댓글을 달아준다. 서로에게 응원을 보내는 것이다. 내가 그분들의 감사일지에 호응을 해주지 않는데 그분들이 하루 이틀도 아니고 매일 나의 감사일지에 댓글을 달아 줄 리가 없다.

시즌 2에서 시즌 10 까지는 나를 아는 지인들이 관심을 보였으나 지금은 특별한 경우가 아니고는 관심을 표현하지 않는다. 어쩌다 쓰는 것도 아니고 매일 하루도 빠지지 않고 쓰기 때문에 구독자들이 흥미를 점점 잃어가는 것이라고 본다. 그러다 보니 감사일지에 달린 댓글도 그전보다 줄었다. 새로이 친구를 맺은 분들도 한동안은 관심을 보여주다가도 점점 댓글을 달아주는 횟수가 줄어든다. 나의 감사일지 동지이자 울산지역 초등학교 선생님이신 김승주의 카카오스토리에는 댓글이 많이 달린다. 일부러 카스 활동이 없는 사람들과는 친구 끊기를 하는데도 많은 댓글이 달리는 것을 보면 상대방의 카스에 댓글을 많이 달아 주는 것 같다. 아니면 카카오스토리 말고도 사회활동이 왕성하기 때문이 아닌가 본다.

감사일지에는 댓글이 많이 달리는 날, 전혀 달리지 않는 날이 있다. 매일 쓰고 있다는 것에 큰 의의를 두려고 하지만 아무래도 전혀 댓글이 달리지 않은 감사일지를 보게 되면 내용이 부실하거나 뭔가 정성이 부족하다는 생각이 든다.

댓글을 달기에는 시간이 부족하더라도 좋아요 멋져요 등 의 감정 표현을 해주는 것은 최소한의 예의이다. 나 역시 댓글 달기에 시간이 모자랄 경우에는 시간이 뺏기지 않는 선에서 느낌표시 정도라도 누른다. 느낌표시 만이라도 해야 글을 쓴 사람이 누가 내 글을 읽었고 내 카스의 감사일지를 구독했는지 알 수 가 있다.

내 인생을 확실하게 바꿔줄 1년에 한 분뿐인 땡큐 페스티벌 일정이 나왔습니다!!!
이전에 저희 땡큐 코치 분들 위주로 대략적인 일정 및 신청을 받았는데….
오픈한지 4시간도 안되어 30분의 입금이 완료되어 인원에 대해 고민을 많이 하였습니다. ㅠㅠ
접수 마감 후에도 많은 분들이 행사에 참여 의지를 지속적으로 나타내셨는데….
제가 너무 바쁘기도 하고 번거로워서 적은 인원으로 하려고 했습니다.
포스코(POSCO)와 포항시를 감사 도시로 만들고, 1천 명의 감사 페스티벌을 성황리에 진행하신 황태옥 대표님께서 저희 "땡큐 페스티벌" 행사에 적극적으로 합류하시면서 최대 4백 분까지 수용 가능한 "유네스코 평화센터"를 통째로 다 빌렸습니다. ^^

일단 현재까지 나온 일정입니다. 물론 상황에 따라 약간은 변경 가능하지만 현재는 1박2일 일정입니다.
유네스코 평화센터에 와 보신 분들은 아시겠지만, 개인적으로 왔을 때 1박2일 숙박과 식사까지 포함해 절대 이 가격으로 올 수 없습니다.
게다가 빵빵한 프로그램과 행사 및 매끼 1인당 2만 원 정도 식사 및 주류가 제공됩니다.
자신의 아이템 홍보를 위한 후원 및 협찬 광고도 받고 있습니다.

전국 곳곳 감사일지를 공유하는 사람들이 있다. 2016년 6월 25일~26일 양일간 경기도 이천에 위치하고 있는 유네스코 평화센터에서 1박2일간 전국에 계신 감사일지를 쓰시는 분들과 감사일지에 관심을 가진 분들이 참석하여 땡큐 페스티벌 행사를 가졌다. 행사의 주최는 땡큐 테이너 민진홍 대표이었다. 예상보다 많은 분들이 오지는 않았지만 오신 분들과의 교감을 나누게 되었으며, 그 이후 감사일지를 공유하기 시작하였다. 물론 그전부터 공유하고 계신 분들도 있었다.

땡큐 페스티벌 이후 한참 동안 감사일지를 공유했었으나 낙오자들이 하나둘 나오기 시작하여 현재 몇몇 분들은 감사일지를 공유하지 않는다. 혼자서 일기 형식으로 쓰고 있으리라 믿어본다. 하지만 공유하지 않는 감사일지는 매일 쓸 수가 없을 것이라고 본다.

감사가 주는 가장 큰 혜택은 행복이다. 그리고 즐거움이다. 삶의 긍정이다. 이 외에도 여러 가지가 있다. 우리가 모르는 이처럼 큰 혜택들을 죽을 때까지 받기 위해서는 감사하는 마음을 유지해야 한다. 그 마음을 유지하기 위한 방법은 감사일지를 매일 쓰는 것이다. 감사일지를 쓰는 사람들과 함께 공유할 때 오랫동안 지속적으로 쓸 수 가 있다.

☞ SNS가 주는 의미 (2017.4.20.목)

그 어떤 이는 SNS가 득보다 실이 많다며 거부한다.
각자 살아가는 목적과 방향이 다르니 생각이 다름을 인정해야 한다.
SNS를 통해 삶의 공유 즉 함께 사는 세상이 혼자 사는 세상보다 더 좋음을 깨달았다.
쉰이라는 나이에….
공유로 인한 실이 있다 하더라도 여기서 알게 된 사람들은 물론 모르는 사람들과도 함께 정을 나누며 살아 가는 것, 그것이 있다면 이 자체 행복이다.

위의 글은 그간 감사일지를 카카오스토리에 공유하면서 느낀 나의 감정이다. 감사일지의 공유는 사회적 동물인 우리가 아름다운 세상을 만들 수 있는 좋은 매개체가 될 수 있으리라 믿어본다.

7

남의 감사일지에도 공감한다

앞에서 감사일지는 함께할 때 오래 쓸 수 있다고 하였다. 감사일지를 쓰는 사람들과 매일 공유하고 상대방의 좋은 감정으로부터 오는 긍정 에너지를 조금이라도 느끼게 된다면 분명 미미하나마 좋은 쪽으로 결과가 나타날 것이다.

비록 보이지 않는 온라인상이지만, 시차와 공간의 한계가 없기 때문에 감사일지를 읽고서 아무런 댓글도 달아주지 않거나 공감 표현을 하지 않으면 안 된다. 상대방의 글을 읽었으면 공감 표시를 해주어야 하는 게 당연한 예의가 아니겠는가?

댓글난에다 의견을 적어주지 못하면 최소한 공감 표시라도 해야 할 것이다. 이와 같이 할 때 상대방에게 최소한의 예의를 지킬 수 있으며, 서로가 정을 나누며 살아가는 아름다운 세상을 만들 수 있다.

시즌7-17 (2016.3.17. 목) 의 댓글의 모음이다

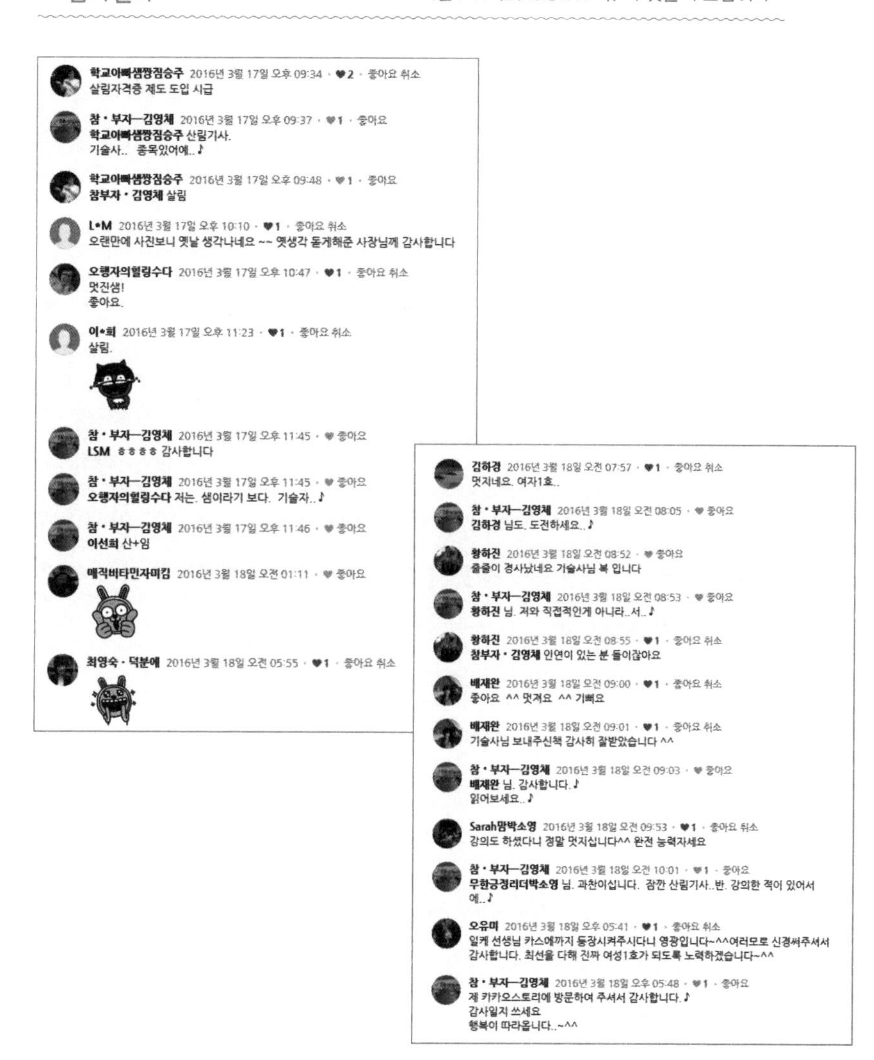

주로 자신이 언급되거나 관련이 있을 경우 또는 관심이 있는 분야가 댓글에 달리면 대부분의 사람들은 의견을 표현한다.

감사일지를 쓴지 얼마 되지 않았던 때 내게 댓글을 단 사람들 중 감사일지를 쓰고 있는 사람들의 카카오스토리에 찾아 들어가서 친구 요청을 하였다. 그러면 대다수의 사람들은 승낙을 해준다. 또한 나를 먼저 찾아 친구 요청을 해오는 사람들도 있었지만 내가 먼저 요청을 하는 경우가 많았다.

그때부터 감사일지를 함께 공유하면서 댓글도 열심히 달아주곤 했다. 하지만 그중 일부는 내가 열심히 댓글을 다는데도 댓글에 대한 답을 해주지 않는 경우가 있다. 그럴 경우 댓글에다 질문형으로 댓글을 남기면 답변을 남겨준다.

주로 댓글을 달아도 안 해 주는 사람의 유형은 친구가 너무 많아 댓글이 많이 달리는 사람들이다. 한두 번 답을 안 해주는 것은 이해하지만 거의 답글을 남겨주지 않을 경우 사람들은 관심을 잃게 되어 점점 댓글을 달지 않게 된다.

나 역시 답글을 일일이 다 해주지 못할 경우가 있었다. 그럴 경우 최소한 댓글에 좋아요 공감 표현은 반드시 해준다. 하지만 정말 바쁠 때에는 공감 표시조차도 할 수 없었다.

감사일지를 하루 이틀 쓰고 그만 둘 게 아니라면 지속적으로 상대방의 게시글에 댓글을 달아주어야 한다. 그렇게 할 때 나에게도 댓글이 많이 달리게 되고, 그로 인해 감사일지를 꾸준히 작성할 수 있는 큰 힘을 얻게 된다. 그로 인해 감사일지 작성을 게을리하지 않고 오래 쓸 수 있는 것이다.

지금껏 감사일지를 작성해오는 사람들 중 반 정도가 중도에 포기하는 것을 보았다. 감사일지가 주는 행복을 얻으려면 반드시 내가 먼저 상대방의 감사일지에 댓글을 달아주는 봉사와 희생을 해야 한다.

8

사진은 생동감을 준다

감사일지는 그냥 하루에 있었던 일들은 항목별로 나열하여도 상관없다. 하지만 그와 관련된 사진을 함께 올린다면 감사일지를 한층 더 생동감 있게 전달할 수 있을 것이다.

☞ 감사일지 시즌25-8 (2017.3.21.수)

산림유전자원보호구역에서 산림조사에 대한 토론이 있었다.
난 수목과 식생에 대해서 잘 모르지만….

토론을 통하여 식생조사에 대해 내가 모르는 것을 배울 수 있어서 감사합니다.

함께 토론 해 준 ○○○님 모든 분에게 감사합니다.

위와 같이 사진을 실은 감사일지를 스토리 전개 형식으로 작성하면 읽는 이와 본인 스스로도 그날의 있었던 일에 대한 감사의 기억이 더욱 생생하게 남는다.

카카오스토리에서 사진 부연 설명은 가능하나 글 내용과 사진을 교차하여 작성할 수 없다. 다만 블로그에서는 교차하여 작성할 수 있어 더욱 편리하다.

대략 시즌 11 까지는 카카오스토리만 작성하다가 시즌 12부터는 블로그에서 작성 한 후 카카오스토리에 연동하여 작성하고 있다. 각자의 생각에 따라 작성하여도 무방하다. 중요한 것은 감사일지를 작성하는 것이다.

☞ 감사일지 시즌 6-20 (2016.2.28. 일)

여행 의미

- 중국 대륙에서 첫 밤을 보내고 맞이한 아침. 창문 밖으로 보이는 설경. 이 멋진 경치에 감탄할 수 있어 감사합니다.
- 차량 이동에 지장이 없고 걷기에 그리 추운 날씨가 아니라 다행… 감사합니다.
- 장유 와인 박물관, 연태공원, 시내 거리 답사… 그러다 보니 조금 늦은 점심 식사가 꿀맛이라 감사합니다.
- 오전 동안 쌓인 피곤함이 오후 온천으로 푹 날아간다. 감사합니다.
- 저녁식사. 태어나 먹어본 최고의 중국음식… 또 감사합니다.
- 그리고 방 안에서 스스럼없는 대화, 그리고 친밀감을 더해주는 맥주 맛… 감사합니다.
- 이렇게 즐거운 하루에 감사합니다.

위의 감사일지는 초창기 감사일지의 형식을 항목별 나열하여 작성하였다. 카카오스토리는 중간에 항목별 사진을 삽입할 수 없고 먼저 글을 작성 한 후 사진은 글 아래로 삽입하게 되어있다. 개인적으로는 사진이 글 중간에 삽입되는 것이 좋다고 생각한다.

따라서 감사일지의 경우에는 먼저 사진을 첨부해 놓고, 하단부에 관련된 내용을 서술하는 것이 이해를 돕는데 훨씬 유용하다.

{ PART 4 }

POSITIVE THE MOMENT

왜 감사일지인가

서점에는 감사와 관련된 많은 책들이 있다.

감사에 언급된 책들은 공통적으로 행복을 가져 다 준다고 한다.

행복을 찾아 이제 맘껏 창공을 날아 보자

우리는 삶이 곧 역경이 될 수 있다는 점을 잘 안다.
몸이 망가지고 악기 줄이 끊어지며, 자녀를 비극적으로 잃고,
직장에서 불공평하게 쫓겨날 수 있는 것이 삶이다.
이러한 일들은 대부분 받아들이기 힘들다.
하지만 감사는 이러한 혼돈 속에서 의미와 일종의
지족을 찾는 데 도움이 된다.

제니스 캐플런

1

욕심과 집착을 덜어내는 수단

사람의 욕심은 끝이 없다. 배가 고플 때는 아무거나 먹어 허기를 달래려 하다가도 어느 정도 허기가 채워지면 이제 맛있는 것을 원한다. 아무리 맛있는 것이라도 그것만 계속 먹다 보면 싫증을 느껴 색다른 맛을 추구하게 된다. 이렇듯 인간의 욕심은 끝이 없다.

☞ 감사일지 시즌 5-13 (2016.1.31 일)

- "갱시기" 검색하니 다음과 같이 정의하고 있다

1. 경상도 토속음식.

2. 여러 나물 등으로 만든 국에 밥을 같이 넣어 끓인 국밥을 가리킴.

- 유년시절. 배고픈 날이 많았다. 가난으로 먹을 것이 없어 굶은 적도 많았다. 가끔 저녁식사 거리로 먹다 남은 차가운 밥에다 콩나물 국수 등을 넣어 끓인 죽이 나온다고 보면 된다. 그나마 갱시기 라도 먹으니

굶는 것보다 나으니까!

지금은 옛날 생각에 별미로 한 번쯤 먹어보곤 하지만 그 시절은 생존을 위한 먹거리였다. 라면에다 밥+김치를 넣어 만든 갱시기로 배고픔을 달래니 어린 시절 가난이 떠오른다.

과거 가난으로 지금의 풍요가 주는 고마움을 알게 되어 감사합니다.

70년대 초등학교를 다니던 어린 시절 우리 6남매는 좁은 단칸방에 옹기종기 모여 의식주만 해결하기 급급했다. 당시는 지금처럼 먹거리가 풍부하지 않아 갱시기로 저녁을 해결 하곤 했다. 갱시기는 다른 말로 갱죽이라고 한다. 어쩌다 한 번 별미로 먹는 것이 아니라, 어쩔 수 없어 매일 먹는다는 사실에 서글픔이 앞섰다. 하지만 TV를 통해 한 끼도 제대로 먹지 못하는 아프리카 난민들의 현실을 접할 때면 그 갱시기를 먹는 것도 행복한 삶이 아닌가 하고 반성하게 된다.

중·고등학생 시절 역시 배고픈 생활은 이어졌다. 심지어 도시락을 싸가지 못해 굶은 적이 여러 번이다. 그나마 한 번씩 도시락을 싸 가지고 갈 때도 김치 정도라 남들 앞에 내 놓기 부끄러웠다. 대학교 입학 후는 기숙사 생활을 하였다. 기숙사는 숙박만 해결되고, 식사는 별도로 구내식당에서 사먹어야 했다. 한푼이라도 아껴야 하는 나는 늘 아침식사를 굶기 일쑤였다. 가난한 집안에서 대학을 다니는 것 그 자체도 나에게는 사치였다. 부모님께서 등록금은 대어 주셨지만 생활비까지 손을 벌리기에는 나의 양심이 허락지 않아 그냥 굶은 적이 많았다. 보통 아침은 거르고 점심 저녁 두 끼로 생활한 것이다. 그러다 2학년을 마치고 군대에 입대하면서 하루 3끼를 다 먹게 되었다. 그 당시 군 식단은 형편없었다. 무 몇 조각이 들어간 된장국물에 깍두기 한두 조각이 전부였다. 지금의 군 식단은 아주 좋아졌다. 일반 식당과 별 차이가 없다.

군 생활에서의 규칙적인 하루 세끼 식사로 인해 얼굴이 보기 좋게 변하였다. 첫 휴가를 받았을 때 거울에 비친 내 모습을 보고 알았다. 대학 생활 때 까지만 해도 내 몰골은 형편없이 말라 있었다. 군 생활을 하면서 나의 몸무게가 처음으로 60kg를 넘겼다.

☞ 감사일지 시즌 3-2 (2015.12.9. 수)

- 한 끼 밥

평상시처럼 점심시간에 밥 한 끼 먹었다. 매일 같은 세끼 밥을 먹게 되는 것이 당연한 것으로 인식되고, 내가 아무런 조건 없이 끼니를 해결할 수 있는 권리가 있다고 착각한다.

이 풍요는 내가 이루어 놓은 게 아니다. 과거 우리의 선조들이 이룬 업보의 혜택을 내가 받고 있을 뿐이다~ 오늘도 밥을 먹을 수 있는 풍요를 주셔서 감사합니다.

감사일지를 쓰다 보면 밥 한 끼가 주는 의미를 생각하게 한다. 어린 시절 가난으로 인해 허기를 채우기 급급했던 내가 이제는 맛있는 것을 찾고자 욕심을 부린다. 감사일지는 그 욕심을 버리도록 해준다. 가난한 시절을 돌아보고 지구촌에서 우리보다 못 사는 난민들을 생각하며 내가 지금 아무 걱정 없이 누리는 한 끼는 행복에 젖은 과분함임을 깨닫게 해준다.

☞ 감사일지 시즌 21-15 (2017.1.3.수)

임도 측량 중이다 한 노선에 그것도 세 번째 … 짜증 날 만 하지만 짜증 나지 않는다.

나는 대한민국 최고의 임도 전문가이기 때문에… 스스로 최고가 되기 위한 노력을 할 수 있음에 감사합니다.

산에서 먹는 빵… 점심 대용이다. 그래도 겨울철 산으로 소풍을 온 기분. 그래서 난 최고의 직종을 가졌다. 얼마나 행복한 직업인가?

소풍 갈 수 있는 직업을 가질 수 있어서 감사합니다.

인생을 살다 보면 일이 꼬일 때가 있다. 발주처에서 임도 설계용역을 받아 예정지에 대한 노선측량을 해주었으나, 산주의 동의 불가에 따라 용역비를 추가로 받지 못하고 다시 측량해야 했다. 그것도 일종의 서비스이다. 해주지 않아도 법적인 문제는 없지만 서로 관계를 유지하고 신뢰를 잃지 않기 위해서 일정 부분 해줄 수밖에 없는 게 현실이기도 하다. 하지만 난 사명감을 가지고 기꺼이 측량을 하러 간다. 감사일지를 쓰지 않고 있었더라도 사명을 다 하였겠지만 그래도 감사일지 덕에 즐겁게 임하느니 짜증보다 소풍 가는 마음으로 일을 하게 된다.

☞ 감사일지 시즌 24-9 (2017.3.1. 수)

- 소풍 갈 수 있는 삼일절 휴일이라서 감사합니다.

소풍 간 김에 우리는 조사를 한다. 이게 무슨 나무인가? 직경은 얼마

되는가? 여기 나무는 솎아 베는가?

아무도 찾지 않는 곳 우리 마을 뒷산 같은 푸근함이 있는 곳으로 소풍을 와서 간식도 먹고 소풍의 참 맛인 김밥을 먹는 것 역시 꿀~맛이다.

휴일 반 강압적으로 즐거운 소풍에 어울려 준 동료들에게 감사합니다.

바쁠 때는 휴일에도 업무를 처리하여야 한다. 삼일절은 공휴일이다. 바쁜 시기에 반강제적으로 동료들에게 양해를 구하고 함께 일을 하였다. 숲 가꾸기 사업 대상지를 찾아 표본조사하는 일이다. 오전에 산에서 일을 마치고 점심을 먹기 위해 식당까지 내려갔다 다시 올라오다 보면 시간이 많이 소요된다. 그 시간을 아끼기 위해서 김밥을 사들고 간다.

산에서 일을 하면서 내가 어릴 적 놀던 동네 뒷산의 정겨움과 그리움을 느꼈다. 소풍 온 기분으로 일을 하는 것이다. 의식적으로 감사일지를 써야 한다는 강박관념이 있을 수 있으나 휴일의 업무는 노동보다 소풍이라는 즐거움이 앞서게 해주었다.

감사일지를 억지로 쓰다 보면 모든 일에서 부정적인 면보다 긍정적인 면을 보도록 생각의 전환을 할 수 있게 된다.

한 번뿐인 인생! 감사하는 마음을 가지면 즐거운 삶으로 이어질 것이다.

2

내면의 나를 만나는 시간

글쓰기는 자신과의 대화 시간이다. 누군가와 나눈 이야기를 글로 표현하거나, 있었던 일을 기록하는 것도 자신과의 대화이다. 남에게 보여준다고 가정하여 쓰는 글도 글 쓰는 동안은 자신과 대화하는 시간이다.

매일 쓰는 감사일지는 아무리 짧은 한 줄이라도, 그 문장을 쓰는 순간만큼은 나와 진실한 대화를 나누는 시간이 된다. 그동안 "나는 오늘 하루 동안 어떻게 살았는가?", "무엇에 감사를 느꼈는가?" 등 반성의 시간을 갖게 된다. 하루 5분간 나를 돌아보는 시간이 되는 것이다.

☞ 글쓰기의 의미 (2017. 4. 22. 토)

내가 글을 쓴다는 것은 내가 살아 있음을 확인하는 것이다.

글을 쓰지 않는 날은 왠지 혼이 없는 삶과 같다.

낙서장에 그냥 생각나는 대로, 띄어쓰기가 틀려도, 오타가 있어도 글을 통해 삶의 모순을 찾아내며 삶에서 상상의 날갯짓으로 창공을 마음껏 날기 위한 방법이다.
내가 지금은 지식과 사고로 이렇게 글을 쓰고 있지만, 삶의 방향을 제대로 가는 것인지? 점검하기도 한다.

위의 글은 2017년 4월 22일 카카오스토리에 쓴 글이다. 2017년 6월 21일, 이은대작가님의 저서 '내가 글을 쓰는 이유' 책을 구입하여 읽어보았다. 그 책의 저자 또한 글을 쓰는 이유를 말하고 있다. 우연의 일치라기에는 억지가 있지만, 단지 글을 쓰므로 자신의 삶을 되돌아볼 수 있다. 글쓰기를 통해 진정한 본연의 자신을 만날 수 있다는 것은 분명하다. 내가 '글쓰기의 의미'를 정의할 수 있었던 이유는 그간 계속 써온 감사일지 덕분이다. 짧은 내용이라도 매일 글을 쓰면서 내면의 나를 볼 수 있다.

☞ 감사일지 시즌 1 8-7 (2016.10.24. 월)

- 아침에 날씨가 쌀쌀해진다는 일기예보와 달리 가을 하늘은 맑고 높으며 햇살이 따사롭다.
강물 또한 유유히 흐르고 있다. 천고마비의 계절, 가을 풍경을 보게 되어 감사합니다.
가을을 상징하는 꽃 국화꽃은 활짝 피어 있구나…!
한낮 강변에서의 가을 풍경을 보면서, 강물은 쉼 없이 흐르고 계절 역시 어김없이 변화하고 있음에….

나는 세월의 흐름에 따라 변화하고 있는가? 질문을 던져보면서 그 답을 찾으려는 시간을 갖게 된 것에 감사합니다.

특별히 감사거리가 없을 때가 있다. 그럴 땐 자연이 주는 풍경에서 나를 돌아볼 수 있는 시간을 가질 수 있다.

천고마비의 계절 가을은 지난 여름날 뜨거운 태양 아래 심장 뛰는 열정으로 자라던 들판의 곡식과 산속나무들이 점점 익어가는 모습을 보여주고, 이를 통한 자연의 여유를 느낄 수 있게 해 준다. 이 또한 행운인 것이다. 물론 감사일지가 아니더라도 자연이 주는 풍경에서 삶의 여유를 느낄 수 있다. 하지만 중요한 것은 그 삶의 여유를 기록하고, 그 여유를 통해 감사하는 마음을 갖도록 해주는 것은 감사일지 쓰기가 아니면 결코 있을 수 없는 일이 아닌가?

감사일지는 세상의 그 어떤 것이라도 고마움의 대상이 되도록 해준다. 또한 그 고마움은 진정한 나를 바라볼 수 있는 시간으로 연결해 주기도 한다.

☞ 감사일지 시즌 16-21 (2016.2.26. 월)

안동까지는 혼자서… 그리고는 나를 불러준 ▽▽▽과 함께 봉화로 간다.

빗방울이 내린다. 임도 개설 공사가 한창이다.

산지 횡단경사가 급한 곳에서 절취한 토석을 사토장으로 실어 나른다.

사토장의 성토 사면이 위험해 보인다. 그에 대한 재해방지 대책을 강구하고자 현장토론을 한다.

내 의견을 듣고자 나를 초대해 준 것이다. 그것은 대가 없는 재능기부이다.

하지만 나를 전문가로서 인정해 주니 감사합니다.

○○○는 처음 보는 사람… 주머니에 있던 내 명함을 주며 인사를 먼저 해본다.

그런데 '명함이 조금 구겨졌다' 하면서… 투덜거린다.

순간 '열받네~!' 자존심은 상하지만… 순간적으로 욱한 감정을 표출하지 않은 나 스스로에게 '잘 참았어!!'라며 위로 해본다.

또한 ○○○의 언행에서 '나도 무심코 저런 행동을 한 적이 있지 않았던가?' 반성하며 타산지석(他山之石)으로 삼는 계기가 되니 감사합니다.

현장 관계자가 나를 산림분야 전문가라고 초대해주었다. 최고는 아니지만 산림공학(토목) 분야에서는 나름 자신이 있다. 임도 개설공사현장에서 절취한 토량을 이동하여 쌓은 곳에 성토하면 길이가 길어 위험해 보인다. 그에 대한 대책으로 현장 점검을 통해 전문가의 의견을 듣고 대책을 강구하고자 한 것이다. 나를 처음 대하는 ○○○는 무안할 정도로 갑질을 하였다. 갑자기 나도 화가 끓어올랐다. 나 역시 감정 조절을 하지 못하고 부딪히는 사태가 일어날 수 있었다.

난 감사일지를 매일 쓰는 사람이기 때문에 '이런 것쯤이야 참을 수 있어야지!' 하며 스스로 나를 억제했다. 그날 내가 똑같이 화를 냈더라면 ○○○에게 안 좋은 인상으로 남았을 수도 있겠지만 인내한 덕분에

○○○는 후에 나의 SNS 후원자가 되기도 했다.

감사일지는 좀 더 수준 높은 인성을 만들어 준다. 감사일지를 며칠 쓴다고 해서 순식간에 바뀌는 것은 아니지만, 처마 밑에 있는 바위가 오랜 세월 떨어지는 빗물로 구멍이 생기듯이 감사일지 또한 시나브로 아주 조금씩 조금씩 나를 바꾸어 주고 있음을 느낀다.

3

행복이 따라온다

민진홍 땡큐 테이너가 이야기한 감사일지의 효과는 다음과 같다. ① 사소한 즐거움에 눈을 뜨게 된다. ② 좋은 감정에 주목하게 된다. ③ 긍정적인 사고방식을 가지게 된다.

그동안 내 나름대로의 경험을 이야기해 보자면, 위에서 제시한 3가지 이외에 가장 크게 와닿는 것은 행복을 느끼고 있다는 것이다.

우리는 왜 사는가?에 대한 질문을 받으면 많은 사람들이 행복하기 위해서라고 대답할 것이다. 그러면 그 행복은 어디서 오는가? 다수의 사람들이 돈이 있으면 행복할 것이라고 답한다. 분명 돈이 100% 행복의 전제조건이 될 수는 없다. 자본주의 사회구조에서는 일정 부분 행복의 조건에 들 수는 있다고 하지만 결코 전부가 될 수가 없는 것이다. 돈은 많은 것을 해결해 줄 수 있지만 절대 진정한 행복을 가져다줄 수 없다.

돈이 해결해 주지 못하는 그 행복감은 어디서 찾을 것인가? 그 답은 바로 감사하는 마음을 가지는 것이다.

세상에 좋은 일들만 일어 날 수 없기에 좋지 않은 일도 긍정적으로 해석하게 되면 우울하거나 투덜거리지 않을 것이다.

☞ 감사일지 시즌 28-20 (2017.6.4. 일)

-탐라국에서 하루를 보내면서 평소보다 눈이 일찍 떠졌다. 동녘 하늘은 해가 떠오르려고 준비 중이다.
다른 동료들의 잠을 깨울 수 없으니 더 누워 자게 된다.
일요일이지만 늦잠을 잘 수 없다. 잠을 자기 위해 제주도에 온 게 아니니까. 숙소를 나서니 피부는 한기를 느낀다. 하지만 이내 내 몸은 적응이 된다.
마라도에 짜장면 먹으러 가는 것 말고는 특별히 정한 목적지가 없다.
해변을 따라가다 보니 해녀가 나를 반갑게 맞아준다. 비록 돌 해녀이지만 아무런 조건 없이 나에게 마음을 열어 주니 감사합니다.
모슬포항에서 마라도 가는 승선 배가 이미 매진되어 예약자가 오지 않는 경우에만 대체 판매한다고 하니, 목적지를 변경할 수밖에… 그나마 가파도로 갈 수 있게 되어 감사합니다.
마라도는 가 본 경험이 있지만 가 본 적 없는 가파도를 가게 되어 개인적으로 더 잘 되었다.~^^
가파도에서 먹은 해물짬뽕, 금액은 비싸지만 맛은 끝내주네~^^
관광객 대부분이 이 집에서 점심 식사를 하는 것 같네… ~^^
주인장님과 인증 샷 찍으면서 대박 나길 기원하며 인사를 드릴 수 있어서 감사합니다.

가파도에서 돌아와 송악산 탐방로로… 오후의 태양은 덥다. 잠시 아이스크림 하나로 더위를 물리친다.

서늘한 그늘 아래서 쉴 수 있으니 감사합니다.

주상절리를 거쳐 서귀포 올레 시장에서 제주 흑돼지로 저녁을 먹고 어둠이 내린 시각에 숙소로 돌아오게 되니 고된 하루를 무사히 보내게 되어 감사합니다.

제주도 탐방 당시 마라도에 가고자 한 계획이 차질이 생겼다. 그 대신 가파도에서 더 즐거운 추억을 만들었다. 마라도에 가려면 인터넷으로 사전 예매를 하여야 한다. 현장 매표소에서는 인터넷 예매한 사람들이 출발 15분 전까지 오지 않을 경우에 한하여 승선할 수 있는 표를 팔고 있었는데, 우리는 그 사실은 한참 후에 알게 되어 가파도로 목적지를 바꾸었다. 현지 주민용으로 남겨둔 좌석을 겨우 구할 수 있어 오전 중으로 들어갈 수 있었다. 참 운이 좋았다. 다음 배편이 들어오는 시각까지 약 3시간 정도 남은 시간. 그 시간 동안 각자 자전거를 대여하여 구경하였다. 걸어 다니지 않으니 체력도 여유가 생겨 어려움이 없었다.

가파도에서는 육지에서 볼 수 없는 색다른 풍경들을 볼 수 있어 인상적이었다. 초등학교의 분교인 한 작은 교정의 색다름은 기억의 잔상에 오랫동안 머물렀다. 그리고 무엇보다 행복을 느낀 것은 해물짬뽕의 맛이었다. 비록 가격은 다소 비싼 감이 있지만 섬에서 먹는 해물짬뽕의 포만감과 망망대해의 시원한 바닷바람은 사람이 행복의 절정을 이르게 하였다. 그날의 감사일지는 행복이 넘쳐흐르게 되었다.

☞ 감사일지 시즌 6-10 (2016.2.18. 목)

- 씨앗호떡

영화 "국제시장"을 지난 설 연휴 때 TV에서 보았다. 국제시장은 부산 자갈치시장 길 건너에 있다.

국제시장 인근에 있는 한국 전력 공사 남부 건설처에 산림조사서를 제출하러 가는 길이었다. 볼 일을 보고 나서 잠시 국제시장에 들러 유명한 '씨았호떡'을 사 먹어 보았다. 씨앗에서 느껴지는 담백한 맛의 호떡이다.

노점상에서 파는 호떡 장사. 사려고 기다리는 사람이 7~8명 정도. 개당 1,200원에 매일 줄을 서서 손님들이 있다면, 정말 장사하는 맛이 나겠지, 상상해 본다. 금방 부자가 될 듯하다. 국제시장에 씨앗호떡을 사 먹어보라고 이야기해준 지인에게 감사합니다.

-혼자 부산까지 운전하고 갔다 오면 따분하고 졸음도 온다. 갈 때 여러 명과 통화, 올 때는 한 사람과 긴 통화. 휴대폰 음성요금은 무제한이니 요금는 걱정 안 해도 된다. 그리고 이야기를 하면 졸음이 달아난다. 운전 중 통화 시에는 화물차를 뒤따라 천천히 달린다. 그러면 과속하는 것보다 위험하지 않다. 졸음운전을 하지 않도록 시간을 내어 전화 준 분들에게 감사합니다.

일을 하다 보면 장거리 운전을 할 때 가 있다. 보통의 경우 혼자 운전을 하는 경우가 대부분이다. 그럴 땐 졸음이 운전을 방해하는 경우가 많다. 약속한 시간까지 가긴 가야 하는데 졸음은 쏟아지고 그럴 경우 최상의 방법은 이야기를 하는 것이다. 그런데 혼자서 무슨 대화를 할 수 있느냐? 당연히 혼자서는 대화가 안 된다. 그럴 경우 대화할 상대를 찾아서 전화통화를 하는 것이 최상의 방법이다.

운전 중 전화 통하는 위험하다. 하지만 블루투스 기능을 갖춘 차량은 위험요소가 많이 감소된다. 또한 졸음운전보다 안전하다. 이야기를 하면 잠이 도망간다. 도심지 내의 도로에서는 아무리 블루투스 기능이 있다고 한들 위험요소가 따른다. 하지만 고속도로에서의 주행은 위험요소가 거의 없다. 다만 주행차선으로 달릴 경우에만 해당된다. 부산까지 업무차 다녀오는 길 전화통화를 하면서 졸음운전에서 벗어 날 수 있어서 감사하다.

부산 간 김에 국제시장에 들러 줄을 서서 씨앗호떡을 사 먹어 본다. 업무하면서 동시에 여행하는 듯한 이색적인 경험을 잠시 맛보게 된 것이다. 업무를 보면서 잠시 시간을 내어 단막 짜리 여행을 경험한 것이다. 이 날 감사일지를 쓰면서 여행의 행복을 느낄 수가 있었다.

이와 같은 행복을 느끼는 경우도 있지만, 감사일지가 주는 행복은 결코 멀리 있지 않다. 감사함은 어떠한 일에서도 부정적 면은 배제하고 긍정적인 면만을 바라보게 해준다. 무슨 일이든지 긍정적으로 본다면 아주 사소한 것에서 즐거움을 느낄 수가 있다. 그 즐거움은 행복으로 이어지게 된다.

4

가화만사성의 근본이다

감사일지의 주제로 가족에 대한 이야기를 쓰다 보면 가족의 중요성을 느끼게 해준다.

☞ 감사일지 시즌 3-5 (2015.12.12. 토)

- 엽서 한 장

다음 글은 오래전 24년 전 1991년 9월 18일에 내가 경이에게 보낸 엽서에 적힌 글이다.

"침묵하는 하늘 밑으로 거침없는 시간이 흐르고
우리들은 각자의 주어진 능력으로
제 나름의 하늘. 한 귀퉁이를 채우고 있습니다.
때로는 사랑이 결여된 하늘

때로는 땀이 곁여된 하늘

때로는 의지가 곁여된 하늘이 생겨나기도 합니다.

언제나, 그럼으로써.

또 하나의 계절이 가고 온

맑고 깨끗한 파란 하늘처럼

♡♡의 순수한 마음 또한 사랑할 것입니다

이 밤 귀뚜라미 울음소리와 함께….

- - - - - 중략."

'위의 글을 읽은 소감을 부탁드립니다.'라고 wife와 내가 아는 여성 몇 분들에게 톡을 보냈다.(누가 언제 쓴 글인지? 밝히지 않고 보냄)

돌아온 답변은 제각각 달랐다.

'심오한 글이네요' '순수함이 돋아 난다', '유치한 연애편지', '조으네요', '감동은 없지만 작은 울림이' 기타 등등.

그중에 wife의 답변이 재미난다.

'겨울이라서 귀뚜라미가 없다. 진실성이 없는 글, 조미료가 듬뿍 들어간 글'이라고 답이 왔다.

답변을 해 주신 여성분들에게 감사합니다.

답변이 온 후 지금 나의 wife에게 1991년에 보낸 글이라고 알려 주고 나면 '우와 경이는 행복하겠네요'라며 약간의 감탄사를 내뱉는다.

글을 받은 주인공인 wife는 오래전 일이라 기억하지 못하는 것 같았다. 별로 반기지 않는다. 약간은 귀찮아하는 편이다. 그러나 엽서의 주인공인 경이는 지금껏 함께 지내온 반려자이자 동반자로, 가끔은

못되게 굴 때도 있지만 항상 함께하기에 감사합니다.

1991년 3월 군에서 제대 한 나는 친구의 소개로 경이를 만났다. 일방적으로 경이를 좋아했다. 한편으로는 우습기도 하다. 그러나 그 사랑, 열정에 후회가 없다. 책상 밑에 쌓여있는 경이에게 보냈던 오래된 편지들이 눈에 들어와 옛사랑에 대한 기억을 되새겨 보았다.

여태껏 나와 같이 살아오면서 집안 청소는 물론, 빨래에 밥도 해주고, 아이들도 키워주고 참으로 고마운 일이 한두 가지가 아니다. 고마운 wife 님 사랑합니다. 그리고 감사합니다.

이렇게 감사를 통해 사랑을 키우고 행복한 가정을 만드니 가화만사성을 이루게 하게 되리라. 고 굳게 믿어 의심치 않는다.

이것이 감사가 주는 지혜이다. 감사일지 쓰기에 미쳐있는 김영체 에게 감사합니다.

처음 보는 사람들보다 아내에게 더욱 잘해줘야 하고, 항상 감사해야 하는데, 감사일지를 쓰기 전에는 옆 지기(와이프) 님이 하는 집안일을 당연한 것이라고 여기면서 고마운 마음을 갖지 않았다. 남들에게 공개하는 감사 일지라서 옆 지기에 대한 러브스토리의 기억도 떠올리고 첫 만남에 가졌던 순수한 그 마음을 간직하도록 해주는 감사 일지이다.

'옆 지기'라는 용어도 감사일지를 잘 쓰시는 카스 친구 분이 사용하기에 나도 사용하는 것이다.

결혼 후 20년간 한 지붕 아래에서 살다 보면, 대다수 중년들이 그렇듯, 권태기로 인해 옆 지기에 대한 애정이 식어가기 마련이다. 나 역시 매일 똑같은 생활을 하다 보니 싫증을 느끼고 애정이 식어갔다. 그러다가 연애시절 보낸 편지들이 눈에 띄어 몇몇 여성분들에게 내가 보냈던 편지에 대한 설문조사를 하였다. 옆 지기 역시 내가 졸졸 따라다니는 귀찮은 존재였기에 나를 싫어했다. 하지만 나의 끈질긴 구애로 결국에는 나를 받아 주어 지금껏 같이 살고 있는 것이다.

옆 지기에 대한 사랑의 강도가 점점 약해지고 있던 찰나에 감사일지 주제로 삼은 엽서 한 장이 다시 사랑의 강도를 아주 강하게 높이게 하였다.

☞ 감사일지 시즌 2-11 (2015.11.27. 금)

어제 출근해서, 오늘 아침에 퇴근했다. (사실은 삼실에서 자고 퇴근하는 것이다.)

퇴근하자마자 아침 먹고 바로 다시 출근.

집에 나서는데 참~부자 와이프님이 모처럼 내게 배웅인사까지 하면서 미소에다 포옹까지.~♡♡ 해주니 감사합니다.

어제저녁식사 자리에서 그간 내가 아버지 역할을 제대로 못 한 것에 대해 함께 대화했다. 난 전적으로 인정했고 변명보다는 앞으로 더 잘해 보리라 선언했다. 상대방(참~부자wife)의 입장을 인정하고 조건 없이 내가 먼저 베풀자. 대가를 바라지 말자. 그러면 돌아온다. 당장 돌아오지 않더라도 언젠가는 돌아온다. 엊저녁의 조그마한 배려가 오늘 아침에 작은 대가로 돌아오는, 이러한 우주 법칙을 감사일지를 통해서 새삼 한번 더 깨닫게 되니 감사합니다. ~~^^

업무가 바쁠 때는 야근을 하는 경우가 종종 있다. 자정까지 사무실에 있다 보면 어둠이 짙은 시간에 밖으로 나가기 귀찮아 그냥 사무실에서 간이침대를 펴고 잠자리에 드는 게 편할 때도 있다. 피곤하니 얼른 잠자리에 들고자 사무실에서 자곤 하였다.

퇴근해도 옆 지기와 대화를 제대로 나누지 못하는 편이다. 중요한 일이야 당연히 가족들이랑 상의를 나누지만, 대개 집에 들어오면 좀처럼 사소한 대화도 잘 나누지 않는 편이다. SNS 상에 낮에 있었던 일들을 감사일지 내용으로 적으면 옆 지기는 찬찬히 읽어본다. 옆 지기님은 SNS를 하지 않지만 나의 카카오스토리 소식을 받기에 감사일지에 올려진 나의 일상들을 알게 된다.

감사일지는 옆 지기와 간접적인 소통의 도구가 되어 서로의 마음을 연결해 주고 있다.

☞ 감사일지 시즌 10-5 (2016.5.7.토)

라이온즈 파크

- 아들과 함께 토요일 17시에 열리는 프로야구 경기 삼성라이온즈 $ SK와이번즈 관람을 갔습니다.

응원하는 삼성 팀이 선취점도 내고 안타도 많이 쳤으나 볼넷을 많이 내준 게 패전의 원인이었습니다.

비록 삼성이 진 경기였지만 아들이랑 좀 더 친해질 수 있는 시간이었기에 감사합니다.

- 올해 새로 개장한 라이온즈 파크는 작년까지 경기를 치렀던 대구

시민야구장보다 훨씬 쾌적하고 관람하기가 편리 해졌습니다.

전광판도 선명하고 좌석 또한 넓어졌으며 경기장 시설이 아주 훌륭합니다.

무엇보다 시민들 관람 수준이 높아졌습니다.

응원 문화, 쓰레기 치우기, 그리고 야구 관람하기에 딱 좋은 날씨, 낮에 시작하여 야간에 끝나는 적절한 시간대 등등… 좋은 추억을 만든 하루여서 감사합니다.

모처럼 아들이랑 프로야구 경기를 관람하러 새로 지은 삼성 라이온즈 파크에 갔었다. 아들이랑 둘만의 시간을 가져 보지 못한 아버지인 나는 이날의 야구 관람으로 좋은 추억을 남겼다. 사실 야구 관람과 감사일지는 별로 관련이 없어 보인다. 그러나 삼성 라이온즈 팀이 졌음에도 나의 무의식은 패배에 대한 아쉬움보다, 감사할 것들을 찾기 위해 야구장의 시설, 응원문화 등등 좋은 점을 발견하게 했고 또 긍정적인 에너지를 아들에게 전달해 줄 수 있으니 감사일지가 주는 복이 아니겠는가?

☞ 감사일지 시즌 2-10 (2015.11.26. 목)

오늘 11월 26일은 이쁜 내 딸. 수비 생일입니다.

나의 딸 수비는 한 살 많은 오빠보다 더 많은 지식을 가지고 있으며, 어려운 수학 문제. 영어. 국어도 척척.

참 스마트하지예~^^

이렇게 이쁜 수비를 14년 전 낳은 참~부자 wife님도 참 많이 힘들었을 것이다.

새삼…! 가족들의 소중함을 알게 해준다. 당연한 사실이지만 이렇게 깨닫게 되어 감사합니다.~^^

딸아이의 생일날에 쓰는 감사일지가 가족의 소중함을 깨닫게 하는데 크게 기여했다. 어릴 적 어려운 환경에서 자라온 나에게 생일 파티는 사치였다. 그래서 지금도 내 생일파티를 여는 것은 원치 않는다. 하지만 요즘 세대에게 생일잔치는 소중한 의미이기에, 기쁜 마음으로 파티를 열어준다. 더군다나 한 살 많은 오빠보다 더 공부를 잘해서 예쁘기도 하고 여자아이라서 그런지 무척이나 귀엽다.

이 귀여운 딸아이를 낳고 키워온 옆 지기에게도 고마우니, 행복의 근본은 가족에서 시작된다는 사실을 알게 된다.

5

가난에서 벗어나게 한다

내 직업은 산림분야의 산림조사, 산지복구 등 설계 감리용역을 하는 것이다. 보통 내가 하는 일을 주제로 글을 쓰는 경우가 있다.

☞ 감사일지 시즌 31-3 (2017.7.20. 목)

낯선 번호의 전화가 걸려왔다. 임도 설계를 의뢰하는 문의전화이다. '어떻게 제 번호를 아셨나예?' 질문을 한다.

내 개인 블로그를 통해 연락 주셨다고 한다. 내 블로그에 임도를 주제로 쓴 글이 검색된 것이다. 블로그가 광고 역할을 해주었다. 감사합니다.

내가 하는 일은 대체로 여름철에 불경기이다. 바쁘지 않은 이시기에 일거리를 가져다준 블로그, 참 유용해서 감사합니다.

나의 업무 활동 영역은 주로 대구 · 경북지역이고 가끔 경남지역도 포함된다.

오늘 임도 개설을 의뢰한 지역은 멀리 있는 수도권 지역이다.

하지만 구경삼아 여행가는 기분으로 늘 즐겁게 일을 할 수 있으니, 이것 또한 기쁨으로 받아들이면 된다.~^^

전화 주신 분에게 감사합니다.

산림분야의 설계용역을 주로 하는 나는 늦은 가을부터 다음 해 봄철까지가 대체로 바쁜 시기이고 여름철에는 비수기이다. 임도 설계에 대해 문의하신 한 낯선 분에게 제 전화번호는 어떻게 아셨는지 물어보니 인터넷에서 '임도 설계'를 검색하였는데 내 블로그로 연결 되었고 2017년 1월 4일에 작성한 '임도 설계는 사명감과 자부심으로'라는 글을 읽고 연락을 주셨다고 한다.

'임도 설계는 사명감과 자부심으로'라는 글은 감사일지는 아니다. 당시 감사 일지 기록 보관을 위해 추가적으로 쓴 글이었다. 감사하는 마음에서 비롯되어 내가 하는 일에 대해 당당하고자 쓴 글이다.

☞ 내_꿈이_이루어지는_곳 (2017.8.31.작성)

블로그 [내 꿈은 현실이 된다] 은 2005년에 개설하였다.

블로그를 만든 후 관리를 제대로 하지 못하고 방치하다가 4~5년 후부터 조금씩 글을 올리기 시작 한 뒤부터 1주일에 한 번이나 한 달에 한 번 글을 올리는 정도였다.

2016년부터 본격적으로 매일 쓰기 시작한 감사일지 덕분에 하루에 한 번 이상 글(감사일지 등)을 올린다.

초기에는 내가 먼저 이웃 신청을 하곤 했다.

지금은 200명이 넘는 이웃들이 있다. 이웃 관리하기에 벅차다.

아주 특별한 인연이 아니면 더 이상 이웃 신청을 하지 않는다.

다만 가끔씩 나를 이웃으로 신청해오는 분들은 웬만해서는 수락을 해 준다.

스팸 쪽지가 온다. 블로그 양도하라고. 돈 준다고….

내 블로그는 돈을 벌려고 만든 공간이 아니다.

더 이상 그런 광고성 글을 보내지 말기 바란다.

아직은 어설픈 블로그 이지만 나 김영체에게는 그 어떤 곳 보다 소중한 공간 [내 꿈이 현실이 되는 블로그] 이다.

2005년에 블로그를 개설하였지만 글을 드문드문 올리다가 감사일지 시즌 5-11(2016.1.29.)부터 정식으로 글을 올리기 시작하면서 지금까지 거의 매일 한편 이상 올리고 있는 셈이다.

감사일지 덕분에 나의 블로그 '내 꿈은 현실이 된다' 의 이웃도 서서히 증가하였다. 지금은 이웃이 300명이 넘는다. 아직까지도 친구 추천하시는 분들이 있다. 아직 파워 블로거는 아니지만, 꾸준히 매일 한 편 이상의 글을 올리다 보면 내 블로그를 찾아 주시는 분들이 점점 많아질 것이다. 블로그 접속자가 많아지면서 스팸 쪽지가 오기 시작했다. 블로그를 양도하면 돈을 준다고 한다. 돈을 벌 목적으로 하는 일이 아니다. 하지만 매일 쓰는 감사일지 덕분에 블로그 가격이 오르기 있으니 이 또한 기쁜 일 이 아닌가?

전혀 예상하는 일이 그것도 좋은 일이 일어나면 기분이 좋다.

오전에 전화가 왔다. 계약하러 오라고….

계약서류를 사들고 ☆☆☆으로 가는데

톡이 왔다. ◇◇◇에서 나라장터로 계약한다고 ….

금액은 소액이라서 두건 다 수의계약이다.

금액이 많고 적음이 중요한 게 아니라 예상치 않은 곳에서

진솔산림기술사사무소와 수의계약을 체결한 ☆☆☆, ◇◇◇ 감사합니다.

수의계약은 금액이 이천만원 이하이면 가능하다. 오전에 계약한 곳은 그전부터 용역을 해오던 발주처라서 이날 계약에 큰 의미는 부여하기에 할 수는 없지만 예상하지 않은 발주처에서 계약을 하지고 연락이 왔으니 감사할 따름 이였다. 오후에 g2b 나라장터로 체결한 계약은 의외 이였다.

진솔산림기술사사무소 개업을 2011년 2월 경북 의성군에서 주소를 두고 시작하였다. 의성군에 주소를 둔 목적은 그 당시 산림분야 용역업체가 의성군에 아무도 없었고 산림면적이 경상북도에서도 꽤 큰 지지체에 해당하여 장차 업무의 영역이 넓어 질것이라는 전망 하였다. 그러나 내가 미처 생각하지 못한 단점이 있었다. 대구에서 의성군까지 편도 1시간이 걸린다. 가장 먼 현장까지는 거의 2시간이 소요되기도 하였다. 실제 업무는 주로 대구에 있는 사무실을 운영하다보니까 일

처리 하려고 당일치기로 의성까지 다녀오면 업무의 효율성이 많이 떨어졌다. 거리가 대구에서 의성군 현장까지 다녀오기에 시간이 너무 낭비되곤 했다. 또한 의성군에서도 사업자 주소만 의성에 등록되어 있다면서 관내 지역 업체의 인센티브를 주지 않았다.

그러다가 진솔산림기술사사무소를 2016년 9월에 내가 초등 중 · 고등학교를 보낸 칠곡군으로 사업장 주소지를 옮겼다. 사업장 주소지를 칠곡군으로 옮겼지만 칠곡군에서 찾아가 일거리를 달라고 하지도 않았다. 난 기술자로서 누구에게도 자신 있게 이야기를 할 수 있으나 사업가로서의 자세는 부족한 면이 있다. 사업가 자질이 부족한 면도 있었지만 일부러 칠곡군에 찾아 가지 않은 이유가 하나 더 있었다. 기존에 칠곡군에 사업장 주소를 둔 산림분야의 용역사가 3개 업체가 있었기 때문이다. 진솔산림기술사사무소는 지자체 용역도 수행하지만 경상북도에서 발주하는 산림공학용역을 주로 하여 왔기 때문에 칠곡군에 사업장 주소를 둔 업체에게 먼저 할 수 있도록 하며 같이 공생하자는 작은 뜻도 있었다.

가끔씩 나라장터에 칠곡군 산림분야의 용역이 입찰경쟁으로 나오는 용역에는 투찰을 하여 왔지만 매번 낙찰이 되지 않았다. 칠곡군에서도 진솔산림기술사사무소의 존재를 알고 있었지만 마땅히 산림분야의 예산이 적은데다가 업체수가 4개가 있으니 다 공생하기에 턱없이 모자라는 예산이다. 여건이 마땅하지 않은 가운데도 진솔산림기술사사무소에 처음으로 수의계약을 한 그날의 용역은 감사할 따름이다.

칠곡군의 담당계장이 나와 카카오스토리 친구로 맺어져 가끔 내가 공유하는 감사일지를 구독하고 있으리라 믿고 있으며 전부는 아니지만 나의 근황을 대충은 알고 있을 것이다. 나의 감사일지를 공유하고 진솔산림기술사사무소를 잊지 않고 수의계약을 하도록 배려해 준 계기된 것이라고 본다.

돈을 벌기 위한 목적으로 감사일지를 쓰는 것은 불가능하다고 본다. 영리가 목적이라면 일정 기간 동안은 작성할 수 있지만, 오랜 기간 동안 작성하는 것은 힘들다. 그간 감사일지를 써 오면서 느낀 점이 있다면, 진심이 담긴 글에는 많은 댓글이 달린다. 그저 형식적으로 쓴 감사일지에는 아무래도 댓글이 잘 달리지 않는다.

나를 홍보하기 위한 광고성 글에는 독자들도 거부감을 갖는다. 나 역시 다른 사람의 글을 볼 때 그러하다. 내 글이 많은 이들에게 읽히기 위해서는 최대한 진심을 담아 가식 없이 느낀 대로 솔직하게 써야 한다. 진솔한 마음으로 쓰는 감사일지는 자연스레 내가 하는 일을 알리고 상대방이 부담 없이 나의 글을 읽어보게 한다. 순수한 마음으로 감사일지를 적다 보면 나의 진심이 알아줄 것이라 믿는다.

감사일지가 당장 돈을 벌어다 주지는 않는다. 하지만 진솔하게 쓴 감사일지는 진심과 행복을 전해주어 언젠가 그 대가가 있을 것임을 믿어 의심치 않는다. 행복 전도사는 영리를 추구하지 않는다는 진리를 알아야 한다.

6

만족할 줄 아는 삶

사람의 욕심에는 끝이 없다. 어릴 적 아파트에 살면서 자동차를 몰고 다니면 얼마나 좋을까? 하는 생각을 자주 했다. 중년의 나이에 든 지금, 아파트에 살면서 중형급 이상의 차량을 타고 다니지만, 좀 더 넓은 평수 아니면 전원주택, 혹은 승차감이 더 편안한 차량을 타고 싶다는 욕심이 생긴다.

☞ [욕심과 소원] 2017.8.20

2009년 6월 1일 자로 난 백수(실업자)가 되었다.

그전에 다니던 직장으로 돌아갈 수 없는 처지이다.

처자식을 먹어 살려야 하는 가장(家長)인 나는, 생존을 위한 몸부림을 쳐야 했다.

그때 약 8개월 동안 (2010년 2월까지) 만기가 도래되지 않은 적금을 해

약하고, 생활비에 보태었다. 그리고는 집 근처 경북 대학교 도서관으로 출근을 했다. 기술사 자격증을 따는 것이 내가 살 수 있는 유일한 길이기 때문이다.

종일 도서관에 앉아 있으면 지겨울 때가 있었다.

그때 나는 한가지 소원을 빌었다.

기술사 시험에 합격하여 내 면허로 다시 산림분야 용역 일을 할 수 있도록 해달라고….

8년이 지난 2017년, 지금은 더 큰 소원을 빌고 있다.

대한민국 산림분야 3대 메이저 회사를 만들어 보겠다는 욕심이 생겼다. 어쩌면 인간이 이렇게 간사할 수 있을까?

나 역시도 간사하다. 2009년 작은 소원이 이루어지니, 더 큰 욕심이 생겼다. 더 큰 소원은 어쩌면 발전하게 되는 계기가 된다.

그러나 그에 대한 노력이나 투자 없이 그저 막연하게 기다리기만 하는 것은 소원이 아니라 욕심일 것이다. 지금 나의 소원을 이루기 위해 욕심을 부리는 오류를 범해서는 안 된다.

요 며칠 나의 큰 소원에 제동이 걸렸다.

위기는 기회라고 했다. 지금 나에게 닥친 위기를 슬기롭게 극복하고 더 큰 소원을 이루기 위해, 나를 더 채찍질을 하여야 할 것이다.

2006년도에 공공기관(산림조합)에 다니던 나는 주변의 권유로 사직을 한 후 개인 사무실에 취업을 하였다. 전에 직장에서 같이 일하던 상급자 동료가 개업을 하면서 나를 부른 것이다. 당장 가지는 않았지만, 많은 고민 끝에 전 직장을 그만두고 가게 된 것이다. 사실 뚜렷한 희망도 없이 그냥 저지른 일이었다. 지금은 내 개인사업체를 운영하지만, 당시는 내가 직접 운영하는 사업도 아니었고, 똑같은 월급쟁이인 데다 공공기관에서 개인기업체로 이동했기 때문에 어쩌면 처지가 더 불안해진 것이라 볼 수 있었다. 새로운 도전, 새로운 기회를 갖게 된 것은 긍정적으로 볼 만 하나, 미래에 대한 희망은 도리어 불확실해졌다. 자리를 옮긴 후 결국 경영자와의 성격 불일치로 입사 1년 만에 크게 다투었다. 하지만 다시 되돌아갈 수 없는 처지이고 그 어떤 대안이 없어 결국은 경영자에 화해의 손을 내밀고 다시 근무를 하였다. 하지만 10개월 후 그와의 불화는 진화되지 않을 정도로 크게 번져, 나는 그 회사에서 나올 수밖에 없었다. 아무런 대책도 없이 그저 그만두는 것이 최상의 선택이었다. 그러면 무얼 하며 처자식을 먹어 살릴 것인가? 하는 질문에 '좋다. 그럼 나도 기술사 자격증을 따면 되지?'라는 생각에 결코 쉽지 않은 기술사시험에 도전하기로 마음먹고 도서관으로 출근할 수밖에 없었다. 처자식을 먹어 살리기 위해서는 기술사 시험 합격만이 유일한 답이었다.

그 당시 간절함이 매우 컸기 때문에 평소 공부를 잘 하지 않는 편이였지만, 어쩔 수 없이 책과의 씨름을 하게 되었다. 젊은 혈기가 가득한 대학생들 틈바구니 속에서 나는 남은 인생을 생존하기 위해 내 면허로 하던 일을 하게 해달라고 신에게 빌었다. 큰 욕심은 아니지만 그냥 평범하게 월급쟁이 정도의 수입만 들어올 수 있도록 해달라고….

그 후 난 기술사 1차 필기시험과 실기시험을 각각 1번씩 떨어지고 2번째에 합격하였다. 2011년 3월부터 본격적으로 내 개인 사업을 운영하게 되었고, 그전에 경력과 경험으로 어느 정도 안정적인 수익을 보며 지금껏 일하고 있다.

7년이 지난 지금은 전국 3대 메이저 산림분야 용역회사로 키우겠다는 생각을 해본다. 나의 욕심일 수도 있다. 하지만 용기와 자신감도 생겼다. 하지만 그저 외형만 크게 키운 껍데기만 큰 회사가 아니라 백 년 기업을 그리며 알차게 준비해 나가야 할 것이다. 이렇듯 올챙이 시절엔 개구리가 되기만을 바랐는데 막상 개구리가 되니까 우두머리 개구리가 되고픈 것이다. 우두머리가 되려면 힘이 있어야 한다. 그처럼 전국 3대 메이저 회사를 만들려면 힘을 키워야 할 것이다. 아직 내게 그 힘이 없기에 당장의 욕심을 버리고 꿈과 도전이라는 욕망으로 바꾸었다. 막연한 기대와 욕심은 막연한 결과만 가져올 뿐이니까….

감사일지를 매일 쓰면서 글을 쓰는 힘이 조금씩 생기다 보니 나의 사고의 범위도 넓어져 큰 생각을 갖게 된 것이다.

☞ 감사일지 시즌 34-11 (2017.9.29. 금)

퇴근 후
조촐하게 한두 잔 마신 막걸리 끝내 줍니다.
한 잔 마시며 마음에 와닿는 한마디
'유산으로 받은 돈은 내 돈이 아니다'라고 하면서
만일 유산을 받게 된다면 장학금으로 기부할 예정이라고 합니다.
나의 탐욕을 반성하게 되어 감사합니다.

감사일지를 쓰다 보면 여러 가지 주제를 다루게 된다. 어느 날 퇴근 후 지인과 만나 막걸리를 한 잔 기울이며 이런저런 이야기를 나누다가 지인이 하시는 말씀, 부모에게서 물려받은 재산은 내 것이 아니므로 사회에 기부하겠다는 이야기를 서슴없이 내뱉는다. 과연 난 그런 생각을 한 적이 있었던가? 조금은 부끄러워진다. 그 생각에 전적으로 공감한다. 흙 수저 금 수저라는 단어가 있듯, 현대사회는 빈부의 격차가 극심하지만 유산으로 받은 재산을 기부하는 사회가 된다면 이 세상은 공평한 세상이 되는 것이다. 사람의 욕심이 끝이 없기에 어쩌면 이것이 평등한 민주주의 사회로 가는 대안이 될 수 있다는 생각을 해본다.

이 좋은 생각 아이디어가 그저 퇴근 후 한잔하며 투덜거리는 대화로 끝이 났다면 그냥 스쳐 지나가는 바람처럼 사라지고 없을 것인데, 감사일지에 기록이 되어 독자들에게 세상 사람들에게 전할 수 있는 것이다.

감사일지는 나의 욕심을 자제시키는 힘이 있고 다른 사람들에게도 그 영향을 미친다. 공유하여야 하는 전제가 있지만…. 감사일지는 하루에 한 번 나를 돌아보고 점검하는 계기가 된다.

7

아름다운 추억이 가득해진다

매일 쓰는 감사일지는 때론 일기가 된다. 그때 그 일을 언제 했지? 하며 기억이 희미해질 때 감사일지 기록물을 검색하면 그 날짜를 쉽게 찾을 수 있다. 사생활 노출까지는 아니더라도, 웬만한 것은 그냥 다 노출시키려 한다. 아주 큰 비밀이 어디 있겠는가?

지나간 세월 길게 놓고 보면 별것 없는 인생사 아닌가? 하지만 타인에게 불편을 줄만한 것은 되도록 자제한다.

☞ 감사일지 시즌 18-1 (2016.10.28. 토)

습관은 무섭다. 5시 30분쯤 어김없이 잠에서 깨어난다.

가끔 피곤하면 다시 자기도 하지만..

KTX 울산역으로 가는 첫 기차를 타기 위해 동대구역으로….

얼라버드 기상미션 회원 번개모임….

난 빈손으로.. 가서 유부녀가 싸온 유부초밥

유부남이 준비해온 커피까지. 공짜로 얻어먹으니 감사합니다.

2016년 6월 25일 **땡큐 페스티벌 이후 땡페** (땡규페스티벌 참가 회원의 약칭)의 일부 회원끼리 아침 6시 전에 기상하는 것을 목표로 만든 밴드가 얼리버드 기상미션 인데, 오프라인에서 모이기 위해 주말 8시경에 KTX 울산역에서 만나기로 하였다. 그 모임 중 5명이 마음이 맞아 2016.6.25. 땡큐 페스티벌 행사 이후 자주 모임을 가졌다. 주로 울산 인근에 사는 회원(얼리버드기상미션)이 많아서 울산역에서 만나기로 한 것이다. 또한 나를 배려하여 KTX 역사 앞에서 만나기로 한 것이다. 각자 싸온 김밥과 간단한 먹거리로 아침을 해결하고 짧게나마 담소를 나눈 후 헤어졌다.

그냥 일기 형식으로 기록하여도 아름다운 추억을 남길 수 있다. 하지만 감사일지를 온라인에 공유하고 매일 작성하는 것을 원칙으로 하였기 때문에 그날 있었던 이야깃거리가 자연스럽게 남게 된다. 감사일지는 감사하는 마음을 길러지게 하는 것이 최우선의 목적이기도 하다. 매일 기록하면서 좋은 기억들을 하나씩 하나씩 기록해 나가게 되는 것이다.

☞ 감사일지 시즌 15-12 (2016.8.27. 토)

어제에 이어 오늘도 남해에서….

다랭이마을 … 전경을 보고 미국마을 앞에서 남해 금산까지 오르다.

보리암에서 바라보는 바다 위에 떠 있는 섬들이 아름답다.

보리암 불상 앞에서 공 드리는 사람들….

은빛 모래가 펼쳐진 상주해수욕장에 몸을 담그니

바닷물이 따뜻하고 구름이 해를 가린다 ….

해수욕하기에 딱 좋은 날씨이니 감사합니다.

바닷물에서 헤엄쳤다고 배가 고프다.

멸치 보쌈으로 먹은 점심 식사가 더~더욱 맛있다. 감사하다.

그리고 독일마을에 도착. 마침 땡페 수아샘 진영샘&인석샘을 만날 수 있어서

우연을 넘어 필연임에… 그래서 땡스 패밀리 감사합니다.

멀리 남해에서 땡패 가족을 만날 수 있음에 억수로 반갑다.

땡스 패밀리 파이팅!!!

독일마을에 왔으니 독일 생맥주 맛도 음미해본다.

또 감사합니다.

이렇게 1박2일 동안 남해투어 동료들과 함께한 시간

화합과 정을 돈독히 할 수 있었던 여행 이었기에 감사합니다.

직장 동료들과 1박 2일간 화합의 시간을 갖고자 떠난 남해투어에 대한 이야기로 감사일지를 적었다. 감사일지는 그날에 있었던 일들 중 감사에 초점을 맞추어 기록한다. 감사의 크기가 중요한 것이 아니라 내가 스스로가 감사했던 것에 대해서 한 가지이던 열 가지이던 생각나는 대로 적으면 된다. 하루 종일 여행지에서 있었던 일들 중 감사한 것들을 기록하다 보면 어쩔 수 없이 여행 도중 있었던 일을 기록할 수밖

에 없다. 감사일지를 온라인으로 공유하다 보면 나의 사생활이 어느 정도 노출될 수밖에 없다. 노출로 인한 찝찝함보다는 배움이 득이 더 많다.

초등학교 시절 일기 쓰기를 한 적이 있었다. 그때는 선생님이 내준 숙제이기에 마지못해 쓴 것이었다. 중·고등 학교시절에는 어쩌다 한 번씩 일기를 쓴 적이 있었다. 그것도 오랫동안 지속적으로 쓰지는 못했다. 사람은 기억의 한계가 있다. 기록되지 않는 추억은 언제가 조금씩 잊히게 되어 있다. 기록은 내가 소중했던 시간들을 오랫동안 보관할 수 있고 언제든지 그 기억들을 꺼내어 행복에 잠길 수 있는 것이다.

8

나의 성장 모습이 보인다

감사일지를 매일 적다 보면 나도 모르게 글을 쓰는 실력이 조금씩 늘어난 것 같다. 글을 적고 싶은 충동이나 의욕이 있으면 글이 잘 쓰인다. 하지만 그저 어떤 하나의 주제거 리가 주어지고, 그 주제에 맞추어 글쓰기를 하려면 결코 글이 쉽게 이어지지가 않는다. 짧은 글이지만 매일 쓰다 보니 장문의 글도 쉽게 쓸 수가 있었다.

아버지 88세, 어머니 82세 그리 적지 않은 연세이다.

1970년대처럼 의학이 발달되지 않은 시절이라면 아마 이미 이 세상에 함께 하지 않을 수 있을 수도 있구나!! 하는 끔찍한 생각을 해본다. 문명이 발달된 편리한 세상에 살고 있음에 감사를 느껴야 할 것이다.

2016년 3월 문득… 아버지 어머니께서 그나마 걸으실 수 있고 아직 바깥 활동을 할 수 있을 때 해외여행을 보내드리고 싶다는 생각이 들었다. 2004년도에 유럽, 그리고 최근에 세부, 다낭, 위태, 일본을 다녀왔다. 이건 순전히 내가 잘나서가 아니라 조상님의 은덕이 있었기에 가능한 일이 아닌가?라는 생각이 들었다. 그래서 일까…? 부모님이 떠올랐다.

일제 강점기에 태어나시어 6.25 전쟁을 겪으시고 생존을 위한 몸부림으로 오로지 순박하게 살아오신 부모님의 인생… 앞으로 남은 인생이 얼마나 될지? 아버지의 연세가 한 세기를 향해 달려가고 있다. 더 이상 미루면 안 된다 결론을 내렸다.

지난 과거 시절을 잠시 되돌아본다.

초등학교 시절에 그 흔한 쌀밥도 제대로 먹지 못하고 '갱시기'로 끼니를 때운 적이 여러 번이다.

1월 시베리아의 혹한 바람이 부는 날에도 연탄 한, 두 장으로 하루를 버티면서 이불을 꼬~옥 덮고 잠을 잔 기억….들, 연탄가스를 마셔 죽을 고비를 넘긴 적도 있었다. 그렇게 오로지 동물적인 생명을 이어가고 있었던 것이다. 그런 가난은 6남매가 아등바등 거리면서 살게 만들었으나, 나름대로 한~지붕 한 방에서 지내면서 형제간의 정(情)을 돈독하게 하였다.

큰형님은 맏이라는 이유로 먼저 돈을 벌기 위해 사회에 발을 내디뎠다. 사회 초년병 시절에는 고생도 무지하게 하면서 꾸준함, 성실 하나로 세상의 고난을 이겨낸 훌륭한 분이다.

큰누나, 어쩌면 불쌍한 인생인지 모른다. 부유한 가정환경에서 자랐다면 지금보다 더 윤택한 삶을 살아가고 있지 싶다.

작은누나, 어릴 적 논두렁 태우는 곳에서 발가락에 화상을 입어 장애인으로 살아가고 있다. 그러나 기죽지 않고 나름대로 열심히 살고 있다.

작은형, '사서 고생한다'는 말이 어울린다고 나 할까? 조카 땜에 결혼 후 서서히 남이 되어가고 있음에 조금은 안타까운 마음이 든다.

그리고 동생은 마음씨 착한 제수씨를 만나 부유하지는 않지만 나름대로 재미나게 살며 행복해 보인다. 마지막 나는 운이 좋은 사람이다. 비록 지방대학이지만 4년제 대학 졸업 후 그럭저럭 직장생활하다가 먹고 사는데 큰 애로사항 없이 사업체를 하나 운영하고 있다.

우리 6남매가 1960~80년대 유년 및 청년 시절을 보내면서 부유한 가정에서 태어났다면 좀 더 좋은 학교 좋은 직장을 구하여 지금보다 더 나은 삶을 살아가고 있을 수도 있다. 그러나 그것이 행복을 가져다 주는 것은 아니다. 그 당시 대한민국은 먹고사는 문제가 그 어떤 것보다 앞섰던 시절이었기에 어쩌면 공부는 사치일지 모른다. 지금까지 6남매가 신체 건강하고 살아가고 있음에 감사하며 우리를 길러주신 어머니 아버지께 무한한 감사의 말씀을 드린다.

다시 이번 나고야 여행을 이야기를 해보자.

그 누구보다도 훌륭하신 부모님에게 해외여행을 보내드리고 더불어 가족 모두가 함께하여 정을 돈독히 하고자 하는 목적에서 내가 일방적으로 추진하였다. 물론 모두가 만족할 수는 없다. 그러나 더 이상 미루면 안 되었기에 그냥 밀어붙였다. 금전적인 손해를 감수해야 하기도 했다. 당초 철저한 준비가 부족해서 실수도 있었다. 1인당 경비가 비쌌기 때문에 반대 의견도 만만치 않았다. 100% 만족은 없었지만 아쉬움이 남은 이번 여행을 계기로 그간 잘못된 나의 행동을 알게 되었다. 나를 비롯한 모두가 반성하며 잘못된 언행을 고쳐 나가길 간절히 바라는 바이다.

"그래 이제부터 상대방을 배려하는 자세로 부드러운 언어로 대화하자! "

비싼 금액이라고 투덜댔지만 함께 해주신 큰형님 내외에게 감사의 인사를 드린다. 그리고 가족의 일원으로 동행 해준 큰누나에게도 감사하다. 당일 아침에 못 간다고 통보한 작은누나, 억수로 짜증이 났지만 마음으로나마 동참해 주었음에 감사하며 다음에 꼬옥 함께 하길 바란다. 점점 남이 되어 가는 작은형님, 이번에 같이 가지 못해 안타깝지만 가족의 일원으로써 앞으로의 가족 대소사에 마음이라도 함께 하길 간절히 바란다. 이번 여행에서 그 누구보다도 어머니 아버지를 잘 보살펴 준 제수씨에게 모두를 대신하여 감사의 인사를 드린다. 또한 남편이 추진하는 여행에 기꺼이 동반해 준 옆 지기 에게도 감사드린다.

어릴 적에는 내가 정말 어린아이였다. 그러나 지금은 아버지 어머니께서 어린아이임을 절실히 느꼈다. 우리가 어릴 적에는 어머니 아버지께서 우리를 돌보아 주셨다. 그리고 지금은 어린아이가 되어 버린 어머니 아버지를 돌볼 의무가 우리에게 있다.

위 글은 2016년 10월 1~3일 부모님을 모시고 일본 나고야에 다녀온 후 2016년 10월 4일 가족들에게 보낸 글이다. 글쓰기 실력이 그전에 비하여 좀 더 늘어난 것이다. 물론 전문 작가나 독서를 많이 사람들이 볼 때는 형편없는 글일 수도 있다. 단순히 나 자신의 과거와 비교해서 나아졌다고 말하는 것이다. 감사일지를 쓰기 전에는 부모님을 모시고 해외여행 가는 것을 생각조차 하지 않았다. 감사하는 마음을 매일 가지는 연습을 하다 보니 연세 많으신 아버지 어머니께서 살아계실 때 해외여행을 한 번이라도 다녀온 추억을 드리고 싶었던 것이다.

돌아오는 비행기 안에서 기내식을 드시는 모습에 나도 모르게 서글픈 마음이 들었다. 음식물을 조금씩 떨어뜨리는 모습이 마치 어린아이 같아 보였다. 세월의 흐름은 인간의 힘으로 막을 수 없다. 한 세기 가까이를 달려온 인생은 고난과 생존을 위한 노동이 전부이다. 나를 포함한 6남매를 키우기 위해서 허리가 휠 정도로 막노동을 하셨고 늘 남에게는 한 치의 피해를 주지 않으신 분들이다. 어쩌면 바보처럼 묵묵히 노동으로서만 한 세기를 지켜온 나의 아버지 어머니이시다. 힘들게 살아왔지만 6남매 모두가 비뚤지 않고 올바로 자라도록 키우셨기에 세상 누구보다 더 자랑스러운 부모님이신 것이다.

감사는 사고를 긍정적으로 전환해주는 확실한 도구임에 틀림없는 사실이다. 감사와 관련된 많은 사람들의 이야기를 듣다 보면 감사로 인해 긍정적인 사고를 하며 행복한 삶을 살 수 있게 되었다고 한다. 감사일지는 감사를 터득하게 하는 가장 좋은 학습도구이다. 감사가 몸에 배게 되면 자연스레 나의 사고도 긍정적으로 바뀌게 된다. 긍정적 사고는 나를 성장시키는 무기가 되는 것이다.

2017.5.3. 작성

부처님 오신 날 신선한 새벽 공기를 마시며….

나의 모순을 지적해준 분이 있습니다.

먼저 내가 잘하고 못하고를 따지기 전에 나에게 관심을 가져 주신 데에 감사합니다.

각자의 생각이 다름을 인정합니다. 나 역시 나의 주장이 옳다고 우겨서도 안 됩니다.

부처님의 자비로 부처님 오신 날을 조용하게 맞이할 수 있어 감사합니다.

나의 모순을 지적해준 분이 있습니다.

산림청에서 산림분야의 임도 품셈이 2016년 12월에 처음으로 제정되었다. 임도 품셈을 가지고 실무에 적용하려고 보니 몇 가지가 의문이 생겼다. 그간 20여 년간 해온 산림분야 업무에 대한 내 생각과 맞지 않고, 앞뒤 모순이 되는 요소들을 지적한 내용의 글을 SNS에 게시한 적이 있었다. 그 의견을 읽은 같은 분야의 선배 기술사가 나의 도덕성을 언급하면서 나의 잘못된 점과 오류를 지적한 내용의 글을 곧바로 SNS에 올렸다.

살다 보면 화가 날 때도 있다. 화가 날 경우 순간적으로 고함을 치거나 욕설이 나올 수 있다. 하지만 그러한 행동을 하고 나서 대부분 후회하는 경우가 높다. 각자 바라보는 관점에 차이가 있기에 생각이 다름을 인정해야 할 것이다. 나의 도덕성을 언급하니 순간 화가 치밀었다. 또 다시 반론의 글을 올릴 경우 서로 싸움만 하는 꼴이다.

곰곰이 생각해보니 역지사지(易地思之) 사자성어가 떠오른다. 내 입장만이 아니라 상대방 입장에서 생각해보니 어느 정도 이해를 할 수 있었다. 내 생각이 맞다 틀렸다가 중요한 것이 아니다. 다툼이 계속될 경우, 상대방의 험담을 할 경우, 비난의 화살은 다시 되돌아와 나를 조준할 것이다.

즉각 심적인 불편을 드린 점을 사과하면서 내 의견에 관심을 가져준 데에 감사하다는 글을 올렸다. 감사일지를 쓰는 나로서는 상대방이 나에게 왜 욕을 하는지 원인을 찾아보니, 그 사람에게도 감사하는 마음이 조금은 생기게 되는 것이다. 이는 내면의 힘이 없으면 쉽사리 하기 힘들 수 있다. 내면의 힘을 키우게 된 것도 감사일지가 있었기에 가능한 것이다.

세상의 모든 사물, 사건을 어떤 시각에서 바라보느냐에 따라 화를 낼 수도 있고 감사를 드릴 수도 있다. 감사일지는 나의 인성을 높여 주는 최고의 도구이고, 상대방과 좋은 관계를 유지할 수 있도록 도우면서 함께 좋은 세상 속으로 나갈 수 있게 해준다.

2017.1.15. 작성

나는 다른 사람의 험담을 하지 않는다.

이곳에 글을 쓰면서 전체 공개를 한다는 것은 나의 사생활을 노출시키는 것이다.

446일째 작성하고 있는 감사일지는 나의 부족한 인성을 채워주기 위한 것이다.

이에 대해 어떤 이는 부러워하고 어떤 이는 질투도 하고 어떤 이는 무관심하다.

인간은 사회적 동물이기에 혼자서 살아갈 수 없다. 그래서 나의 감사일지를 공유하는 것이다.

타인의 시선을 의식하고 타인의 입장을 생각하고 타인의 생각을 존중하고자 한다.
아직 나의 그릇의 크기가 보잘 것 없이 작아서, 세상사 많은 것들을 다 담을 수 없지만 조금씩 그릇의 크기를 키워나갈 것이다.
또한 나를 향한 비판도 욕설도 큰 그릇에 담을 수 있도록 할 것이다.

막상 위 글을 쓸 때는 나의 그릇을 키우고자 다짐하며 쓴 글이다. 아직은 완전히 남의 이야기를 하지 않는다고 할 수는 없지만, 글을 쓰는 그 자체가 나와의 약속이다. 더군다나 남들에게 보여주는 것이기에 쉽사리 나와의 약속을 저버리지 못한다. 감사일지를 매일 쓰기 때문에 생각할 수 있는 힘이 생긴다.

9

인생 후반에 역전할 수 있다

100세 시대에서 반 백년, 50년을 살아왔다. 의학의 발달로 평균수명이 늘어나 100세이라고 말하지만 앞으로 120세 150세까지 살 수 있을지도 모른다. 만일 150세까지 산다면 미래를 위하여 더 많은 투자와 자기계발을 게을리 해서는 아니 될 것이다.

초등학생 때는 빨리 중 고등학생이 되었으면 하였다. 그 당시 초등학생의 눈에는 중 고등학생들이 무척 어른스럽기 때문이다. 막상 내가 중 고등학생이 되니까 대학생이 되었으면 하는 생각이 들었고 또 대학생이 되니 군 복무를 마치고 사회에 진출해 경제활동을 하는 사람이 되었으면 했다. 사회 초년병 일 때는 다시 중년을 그리워하였다.

하지만 현재 중년이 되어보니 이제 더 이상 미래가 빨리 다가오기를 갈망하지 않는다. 반대로 세월이 좀 더 천천히 지나가길 바랄 뿐이다. 그러나 세월은 나이가 들수록 점점 빠르게 지나가는 법.

지금 이 시점에서 지난 세월을 되돌아보면, 학창시절 공부는 뒷전이었고 부모님이 하시는 농사일을 돕는 것이 먼저였다. 사회 초년 시절에는 경제활동에 따른 수입이 생겨 생존을 위한 기본적인 의식주는 해결되었으나 좀 더 맛있는 것, 좀 더 넓은 집, 좀 더 비싼 옷을 구입하기를 원하였다. 이제는 기본적인 의식주 해결을 뛰어 넘어 삶의 수준을 높여야 하는 문제가 대두된다.

☞ 감사일지 시즌 25-12 (2017.3.25. 토)

모국어를 습득하듯 외국어도 자연스럽게 습득할 수 있다.
기존의 영어학습법을 버려라. 애쓰지 말고 즐거운 맘으로 듣기에 집중하라.
언어를 습득하는 방법에 대해서 알게 되어 감사합니다.
가장 위대한 사람은 권력을 가진 자가 아니다. 묵묵히 맡은 일을 다하는 평범한 사람이다. 바로 그들이 주인공이다.
새로운 시각으로 세상을 바라보게 해 준 윤재☆ 원장님의 말씀 감사합니다.
글자가 아닌 소리로 영어를 습득할 수 있다는 희망을 갖게 되어 감사합니다.

☞ 감사일지 시즌 28-12 (2017.5.27. 토)

가슴에 맺힌 한(恨)은 나를 움직이게 한다.

우리 부모 세대는 한글도 깨우치지 못한 문맹에 대한 한이 맺혀있는 세대이다.

나 역시 대학 졸업장은 있지만 영어를 배우지 못한 부끄러움과 한이 맺혀있다.

그래서 서울 삼성동 푸르지오밸리 에서 열리는 소리영어 온라인 집중반 모임에 가려고, 먼 거리에도 불구하고 새벽시간에 집을 나서 모임에 참석할 수 있게 되어 감사합니다.

간식도 제공하여 주니 감사합니다.

기존의 영어 공부 방식에서 벗어나 마치 모국어를 습득하듯이 무작정 단어를 외우는 것이 아니라 무의식으로 자연스럽게 반복적으로 시각이 아닌 청각으로 귀에 담을 수 있어야 한다고 한다.

기존 영어공부 방식에서 벗어난 새로운 영어공부 방식을 익힐 수 있어 감사합니다. 영어소리를 들을 수 있으면 책을 읽을 수 있다. 그때 어휘력은 저절로 늘게 된다.

그리고 윤재성 원장님의 큰 뜻을 듣게 된다.

삶이란 주변 사람에게 유익을 가져다주는 것이라고 하시면서 중국 시장에 진출하여 큰돈을 벌어 사회에 환원을 하겠다고 하신다. 인생의 참 의미를 들려주시니 감사합니다.

대학은 졸업하였으나 영어를 한마디도 못한다. 요즘은 유치원 때부터 영어를 접하기 시작하지만 내가 처음 접한 영어는 중학교에 입학한 후부터이다. I, You, He, She, We …. 한 달 간 열심히 영어 단어를 외우고 나름대로 공부를 열심히 했다. 그러나 곧 영어를 포기하게 되었고 그것이 지금까지 이어졌다. 너무 일찍 포기한 것에 한이 맺혀 있다.

중학교 입학 후 처음 접한 영어선생님은 한 여선생님이었다. 시험을 치르고 난 후 시험 문제를 틀린 학생에게는 매를 들고 손바닥을 때렸다. (그 당시는 체벌이 사회적으로 허용된 시절이다.) 한 달쯤 영어시험에서 단어 하나를 틀렸다. 또한 주변의 형, 누나들에게서 영어는 어렵다는 말을 들었기에 나도 그럼 일찍 포기해야 고생하지 않겠구나 하는 생각으로 그때부터 영어공부를 아예 하려고 하지도 않았다. 그때 내린 어리석은 결정에 후회를 하고 있다. 부끄럽기도 하면서 한(恨)이 맺혀 있기도 하다. 감사일지를 쓰면서 남은 인생 동안 다시 영어 공부에 도전하기로 마음먹었다. 다시 처음부터 영어공부를 하고자 한다. 마침 우연히 알게 된 소리영어를 접하고는 큰맘 먹고 온라인 강좌 신청을 하였다. 학교에서 주입식으로 하듯 배우는 영어가 아니라, 유아가 모국어 습득하는 원리인 소리를 들어 원어민이 내는 소리를 말할 수 있도록 하는 원리라고 한다. 부모가 한국인이라도 미국에서 태어난 사람은 저절로 영어를 모국어처럼 습득하게 된다. 소리영어가 어쩌면 영어에 맺힌 한을 해결할 수 있을 것이라 믿고 열심히 소리영어를 듣고 있다. 앞으로 5년 10년 후 영어를 정복한다면 남은 인생은 영어의 한을 풀고 마음껏 세계 여행을 할 수 있으리라는 희망을 가지게 되었다.

매일 쓰는 감사일지가 잠자고 있는 영어공부의 한을 풀게 해준 것이다. '인디언들은 기우제를 지내면 반드시 비가 온다.'는 말이 있다. 더 이상 미룰 수 없는 영어를 정복하는 그날까지, 될 때까지 도전하기로 하였다.

감사일지를 쓰기 전 하루를 정리하며 오늘은 무슨 주제로 쓸까? 자주 고민한다. 특별한 감사거리가 없으면 살아있는 그 자체에 감사하면 된다. 매일 감사에 대해서 짧게나마 적다 보니 긍정적인 사고를 할 수 있게 된다. 감사는 긍정으로 이어지고 긍정의 사고는 도전정신을 불러 일으키며 그 도전은 부끄러움을 버리고 남은 인생을 위해서 다시 영어 공부를 하게 하였다.

☞ 감사일지 시즌 15-19 (2016.9.3.토)

어제부터 종일 내린 비는 오늘 아침에도 내리고 있다.

빗속에 달려 포항까지 … 포항시청 건물이 보인다.

시청 인근 펀앤코리아 에서 3P바인더 강의를 듣고자….

저 멀리 승주샘이 먼저 와서 만반의 준비를 하고 있다.

금자샘도 째맨 지각하였으나 내보다 더 먼 부산에서 오는 열정에….

역시 땡스 패밀리 파워에 감사합니다.

저자 강규형 직강 그냥 무조건 강의 들어보라고 하고 싶다.

오늘 이 강의를 듣도록 나를 꼬셔준 짐샘에게 감사합니다.

점심 식사는 다 같이 안집에서 ….

강규형 강사님, 인증샷과 사인까지 해주시니 감사합니다.

10시부터 19시까지 빡센 강의이지만 하루가 훌쩍 지나 가버린다.

수료증도 만들어 주니 감사합니다.

단체 인증샷.

역시 강의장에서 느껴지는 뜨거운 열정과, 앞으로 시간관리하는 방법들을 알게 된 소중한 하루이었기에 감사합니다.

3P바인더의 저자이신 강규형님이 직장생활을 하시면서 다이어리 개념에다 꿈과 비전 사명감을 기록할 수 있도록 고안한 것이다. 다이어리는 시간관리만 하는 인쇄물이지만 3P바인더는 시간관리에다 목표관리, 지식관리까지 해주는 3가지 기능이 있다.

성공하는 사람들은 거의 대부분 메모를 하는 사람들이다. 한 권의 다이어리에 할 일을 기록한다. 사실 지금도 기록 메모를 잘 하지 못하는 편이다. 기록은 기억의 한계를 보완해주는 매우 유용한 도구이다.

바인더 교재비가 포함되어 있었지만 그날의 강의료는 적지 않은 액수였다. 땡큐 페스티벌 때 인연이 된 김승주샘과 포항에서 펀앤코리아를 운영하는 황태옥 저자와의 인연으로 강의를 듣게 되었다. 금액이 적은 돈이 아니다 보니 용기가 없었는데 승주샘의 추천으로 인해 반강제로 듣게 되었다. 다 듣고 보니 값어치는 충분하였다. 하지만 매일 기록하는 습관이 안 되어 있다 보니 그에 대한 값어치를 찾지 못하고 있는 실정이다. 하지만 매일 기록 중요성을 인지하는 터라 다시 한 번 더 재수강을 듣고, 새로운 인생을 멋지게 꿈꾸고 나아갈 것이다. 3P바인더를 알게 해준 것도 따지고 파헤쳐 보면 시초는 감사 일지이다.

이 책의 초판 인쇄물이 다 팔려 2쇄 3쇄 베스트셀러 반열에 오르기를 갈망하지 않는다. 베스트셀러를 갈망하지 않는다고 해서 성의 없이 쓴 글은 아니다. 정성을 쏟아 부었다. 아직 전문작가의 글에서 묻어 나오는 매력도 없고 감동도 없는 글이지만 내 이름이 쓰인 책을 출간하는 것 자체에 의미를 두고 후반전 인생을 멋지게 펼쳐보려고 한다.

이은대작가의 글쓰기 강의 (2017.6.3. 토)

언제인지 모르나 나도 베스트셀러 작가는 아니지만 책 한 권 출판해 보고 싶다는 막연한 생각을 한 적이 있었다. 그렇지만 막상 책을 내는 것이 과연 내 능력으로 가능한 일인지? 의구심만 가진 채 헛된 꿈으로 접어들고 있을 때 이은대 작가님을 얼마 전 알게 되었다.
어쩌면 내 인생 후반전을 멋지게 바꾸어 줄 최고의 무기가 생길 것 같은 예감이 든다.
오늘 대구 365messe 에서 글쓰기 수업 첫 번째 날이다. 그래서인지 지난밤은 소풍 전날 신이 난 초등학생처럼 잠을 이루지 못한다. ㅎㅎ
오늘 강의에서 확실히 느낀 것은 이은대작가님의 열정은 그 어떤 누구보다 강하고 충분히 배울 가치가 있다는 사실이다.
글쓰기 강의료 보통 몇 백만 원 이상인데 이은대 작가님은 최소 비용만 받는다고 하시니 나에게는 운이 좋은 것이다. ㅋ
이런 행운이 나에게도 찾아오니 감사합니다.
내가 이민을 가지 않는 한 책을 출판할 때 까지 작가님이랑 인연은 쭉 이어진다고.
연을 끊기 위해서 책을 출판할 수는 없다. 그럼 나도 작가가 된 것이나 마찬가지다. ㅎㅎㅎ
책을 쓰는 것보다 더 중요한 진리 '결코 삶의 목적이 돈이 될 수 없다'는 것을 간접적으로 듣게 된다. 절대적으로 공감이 가는 이야기이다.
다시 한 번 돈에 대한 정립을 할 수 있어서 감사합니다.

대다수 많은 사람들이 자신의 이름으로 책을 출간하고 싶은 욕심이 있지만 전문 작가가 아니라서 '내가 어떻게 그 많은 분량의 글을 쓸 수 있을까?' 하는 생각으로 이내 포기한다. 나 역시 다르지 않았다. 부정적인 생각을 버리고 책 출간이라는 도전을 할 수 있었던 것은 감사일지 덕분이다. 감사일지를 같이 공유하시는 송○○ 님이 2017년 6월에 이은대작가님이 강의하시는 글(책)쓰기 강의가 있다고 알려주셨기 때문이다. 감사일지를 쓰지 않았다면 송○○님을 알지 못하였을 것이고 이은대작가의 글쓰기 강의를 접할 기회도 없었을 것이다.

감사일지는 좋은 사람들과 인연을 맺게 해주고, 잠자고 있는 나의 욕망을 끄집어내어 도전하는 삶을 살게 해 주는 도구인 것이다. 책 한 권이 출간되었다고 해서 성공하는 인생을 살게 되는 것은 아니다. 하지만 또 다른 도전을 위해 한 발 내디딘 것이고, 중년의 나이에 어린 시절의 꿈을 다시 이루기 위해서 도전하는 것이다. 혼자서만 보는 비밀 일기 식으로 쓰는 것이 아니라 모든 사람들과 함께 성장 해나가는 감사일지를 꾸준히 지속적으로 작성한다면 그 꿈을 쉽게 포기하지 않을 것이다.

{ PART 5 }

POSITIVE THE MOMENT

하루 한 줄의 힘

서점에는 감사와 관련된 많은 책들이 있다.

감사에 언급된 책들은 공통적으로 행복을 가져 다 준다고 한다.

행복을 찾아 이제 맘껏 창공을 날아 보자.

매일 감사하라.

그것이 당신을 행복하게 할 것입니다.

힘들어도 감사

어려워도 감사

속상해도 감사

가진 것이 없어도 감사

뜻대로 되지 않아도 감사

감사하자고 들면

감사하지 못할 것은 없습니다.

감사할게 없다면

살아있음에 감사하세요.

살아있음에 울 수도 있고 웃을 수 있으니

고마운 일인 것입니다

그것 하나만으로도 충분하니까요.

유지나

1

중요한 것은 매일 쓰는 것이다

지난 2015년 10월 감사일지를 처음 쓰기 시작한 이후로 하루도 빠지지 않고 써왔다. 결코 쉬운 일이 아니다. 감사일지를 처음 접한 사람들은 관심을 가지며 응원을 보낸다. 하지만 그들도 감사일지를 매일 읽지는 않는다.

읽는 것은 쓰는 것보다 훨씬 수월하고 간편하지만 그마저도 꾸준히 한다는 것이 쉽지가 않다. 그런 의미에서 매일 하루도 빠지지 않고 쓰는 것이 참 어려운 것이다. 전국 카카오스토리에서 감사일지 공유를 해 온 사람들 중 1년 정도 써온 사람도 결국 포기하는 경우를 많이 보아 왔다. 앞에서 언급하였지만 처음 쓰는 사람은 습관화 시키는 것이 가장 중요하다.

감사일지 1단계인 21일 동안 하루도 빠짐없이 쓴 후 2단계에 들어서서 100일간 꾸준히 쓰게 된다면 80~90% 정도 자리 잡혔다고 할 수 있다. 2년 6개월 이상 써온 본인도 컨디션이 좋지 않을 때는 쓰기가 싫을 때가 있었다. 그럴 땐 잘 쓰려고 하기보단 그냥 한 줄이라도 쓰는 것에 의미를 둔다. 하루라도 거르게 되면 다음에도 컨디션이 좋지 않을 경우에 쓰지 않을 확률이 높아진다.

시험문제를 출제하기 위하여 2박 3일간 외부와 단절되어 호텔방에 감금된 적이 있었다. PC는 물론 스마트폰도 사용할 수 없고 오로지 TV 시청만이 세상의 소식을 접하는 길이었다. 그 당시에도 그날에 감사일지를 작성하지 않았을 뿐이지 이틀이 지난 후에 작성하였다. 그 외에는 지금껏 감사일지를 그날 저녁이나 다음날 아침에 꼬박 작성해온 비결은 단 한 줄이라도 쓰는 것을 원칙으로 해 왔기 때문이었다.

꾸준히 할 수 있는 힘 (2017. 9. 4. 작성)

어떤 일이든지 지속적으로 꾸준히 한다는 것은 쉽지 않다.

한 직장에 장기 근무하는 것도, 매일 일기를 쓰는 것도.

누군가 시켜서 … 숙제니까 … 어쩔 수 없이 하는 경우 잠깐 동안은 할 수 있겠지만, 그 어떤 일들을 꾸준히 지속적으로 하는 것은 결코 쉬운 일이 아니다.

무슨 일이든지 꾸준하게 하려면 흥미를 갖고 즐겁게 해야 한다.

지금껏 678일간 매일 쓰고 있는 감사 일지는 내 마음이 시켜서 하는 것이다. 아무 대가가 없어도 그냥 좋으니까. 감사로 인해 작은 행복이 따라오고 있음을 깨달았기에….

무엇보다도 더 큰 힘이 될 수 있었던 것은 동지들이 있어서이다.

그들의 응원이 있었기에 지금까지 꾸준히 쓸 수 있었고, 또한 앞으로 계속 쓸 수 있는 힘이 될 것이다.

무엇인가를 꾸준하게 매일 한다는 것은 내가 좋아하는 일이나 가슴 뛰는 일을 할 때이다. 감사의 크기가 크거나 감사거리가 많을 때는 큰 어려움이 없이 작성할 수 있다. 하지만 평상시와 똑같은 일과를 반복할 때는 무엇을 쓸지? 고민하는 경우가 많다. 매일 풍부한 일지를 쓰면 좋겠지만 감사 거리를 찾지 못할 때는 오늘 생명을 다한 사람과 비교하였을 때 숨 쉬고 살아 있는 그 자체가 무한한 감사이다.

우리는 가장 기본이 되는 감사를 잊고 있을 뿐인 것이다. '오늘 하루도 무사히 보낼 수 있어서 감사합니다.'라고 한 줄 이라도 쓰는 것이 무엇보다 중요하다. 그리고 매일 쓰는 것이다. 꾸준히 쓰는 것이다.

대부분 사람들은 감사일지를 처음 쓸 때에는 반가움과 흥분에 겨워 너무 잘 쓰려고 한다. 감사일지는 하루 이틀 만, 시즌1 기간인 21일간만 쓰고 그만 둔다면 잘 쓰기 위해에 정성을 다하면 좋다. 하지만 1년 365일이고 10년 20년 이상 쓰기위해서 잘 쓰려고 하기보다 매일 꾸준히 쓰는 게 더 중요하다. 매일 단 한 줄이라도 작성하면서 오래기간 작성하는 것이 가치가 있다. 따라서 처음부터 너무 잘 쓰지 말고 오래 동안 멀리 갈 수 있도록 하는 것이 좋다.

바위 위에 오랜 세월 동안 떨어진 물방울을 생각해 보자. 하루, 한 달 간은 아무런 변화가 없다. 하지만 1년이 지나고 10년이 지나고 100년이 지나면 바위에 구멍이 나게 되고, 그 구멍이 점점 더 커진다.

하루 이틀 감사일지를 잘 쓰는 것보다 단 한 줄이라도 매일 쓰는 것이 더 중요한 것이다.

2

하루 한 줄, 긍정의 최면

감사일지는 무조건 '감사합니다.'로 마무리를 맺는다.

그날 안 좋은 일이 있어도 '그럼에도 불구하고' 그나마 다행스러운 일에 대해 감사하는 마음을 갖는다. 매일 똑같은 한마디 '감사합니다.'는 부정적인 생각 대신에 사고를 긍정적으로 전환해주는 최고의 도구이다.

☞ 감사일지 시즌 37-7 (2017.11.27. 월)

오늘처럼 우울한 날은 감사일지 쓰기가 싫다.

그럼에도 불구하고 이렇게 한 문장이라도 감사일지를 쓸 수 있어서 감사합니다.

☞ possible향경의 댓글

상위 1%의 사람도 끝이 보이지 않는 시련의 연속을 사는 사람도

자신들의 기준에서는 삶의 무게가 무겁게 느껴질 겁니다.^^
우리가 보기에 아무런 시련도 없이 보이는 사람도 자세히 들여다보면 각자의 시련에 버거워 하는구나 느끼거든요^^ 저도 비슷~~~ㅎㅎㅎㅎㅎㅎ
그럼에도 불구하고 살아있음에 감사하면서 살아갑니다.^^ 힘내세요~~~

내가 하는 일이 그런대로 먹고사는 데 큰 어려움이 없다지만, 동종업계에 종사하는 라이벌 업체와 서로 경쟁해야 할 때가 있다. 경쟁에도 장단점이 있지만 매출 부분을 신경 쓰지 않을 수가 없다.

신생업체는 점점 하나둘씩 늘어나고, 영역의 범위는 줄어들고 있다. 그렇다고 상대적으로 하는 일이 많은 것도 아닌데…. 우선은 먹고 사는데 지장이 없으나, 당장 다음 해의 경영에 타격이 있을 것으로 예상된다. 지나치게 부정적인 면만 집중하다 보니 미래가 암울해지고, 앞으로의 경영상태가 걱정이 되어 점점 암울한 세상 속으로 혼자서 빠져들고 있었다. 하루를 마치고 한 줄의 감사일지를 적는 가운데 그 부정적인 구덩이에 한 발짝 나올 수 있는 계기가 된 것이다.

누구에게나 시련은 찾아온다. 시련의 크기가 크든 작든 중요한 것은 시련이 주는 마음의 상처를 치유할 수 있어야 할 것이며 오랫동안 우울한 상태로 이어진다면 삶이 고달파질 것이다. 감사일지를 기록하는 습관이 없었다면 마음이 울적한 날에 그냥 쓰지도 않고 그냥 넘어갈 수도 있었을 것이다. 억지로 쓴 감사일지 단 한 줄이라도 그냥 '감사 합니다.'라고 쓰니 마음 한구석이라도 스스로 위안이 된다. 그리고 함께 공유하시는 동지들께서 응원의 댓글을 달아준다.

사람이 기쁠 때 축하해주는 것보다 슬플 때에 위로해주는 그 한마디가 큰 힘이 된다. 경사보다 조사 때 이웃을 챙기라고 하는 말이 있듯이….

하루를 마감하면서 쓰는 단 한 줄의 '감사합니다.' 한마디는 오늘 하루 일과에 대해서 '고마움'을 준다. 무엇보다 함께 공유하는 동지의 작은 응원 한마디는 다시 본래의 나로 돌아가는데 큰 힘이 된다. 이처럼 공유가 큰 힘이 된다는 것을 새삼 한 번 더 경험하게 되니 '감사'의 긍정에다가 주변의 작은 손길이 더 따뜻하게 느껴진다.

'빨리 가려면 혼자 가고 멀리 가려면 함께 가라'는 아프리카 속담처럼 감사가 주는 행복을 오랫동안 누리려면 동지들의 함께 해야 하는 것이다.

☞ 감사일지 시즌 37-8 (2017.11.28. 화)

전화를 했다. 고마움을 전하려고… 누군가에게…

아침에 응원의 목소리를 녹음하시어 들려준 그 한마디는

나를 암울한 구렁텅이에서 빠져나오게 하는 큰 힘이 되었다.

그리고 초고 완성을 위해 서로에게 격려와 서로 협력할 것을…

제안하신 송현정샘 에게 감사합니다.

하루 전날 기분이 암울했음에도 불구하고 그간 습관화된 감사일지를 억지로라도 쓰고서 카카오스토리에 공유하자 절대 긍정의 에너지를 지니신 송현정 님이 응원의 목소리를 녹음하여 나에게 톡으로 보내준 것이다.

'와~ 하하하. 얼마나 좋은 일이 있으려구~ 오늘은 기분 좋은 일만 있을 것입니다. 파이팅!!! ㅎㅎㅎ'

'나는 천운을 타고난 사람이다. 파이팅 !!! '

전혀 예상지도 못한 응원의 목소리를 직접 들으니, 나를 알아주는 주는 이가 있다는 사실에 너무도 감사하다. 내가 살아오는 동안 알게 된 것은 기쁜 일이 있을 때 축하해주는 것보다 슬프고 힘든 일이 있을 때 건네준 작은 도움이, 고마움의 크기가 훨씬 크다는 것이다. 그래서 결혼과 같은 경사보다 장례 등 조사 때 그 사람을 찾아가 건네준 위로의 한마디가 더 힘이 될 것이라고 본다.

☞ 감사일지 시즌 35-6 (2017.10.15. 일)

나의 부주의로 가벼운 차량 접촉 사고가 났다.
큰 사고가 아니라 살짝 부딪힌 것이라 다행이다.
안전운행에 대한 경각심을 일깨워 주는 경고일 것이라 생각하니 감사합니다.

내가 본격적으로 운전을 시작한 것은 1995년부터이다. 그동안 접촉 사고는 두 번 정도. 모두 운전을 시작한 지 1년이 되지 않아서이다. 두 번 다 차량이 파손되어 만만치 않은 금액의 수리비가 나왔지만, 인명 피해는 없었다. 그 후 20년 동안은 무사고 안전운행을 해왔다고 자부해왔지만, 이날은 방심한 탓이 크다. 다행히 주행 중에 난 사고가 아니라 가벼운 접촉 사고였다는 점에 감사를 드려야 할 것이다.

신호를 대기하던 중, 파란불로 바뀌자 무의식적으로 차를 출발시켰다. 출발하면서 휴대폰으로 잠시 시선을 돌리는 사이에 사고가 일어났다. 앞차는 아직 출발을 하지 않고 있었다. 그만 부딪히고 말았다. 부딪히는 순간 '아차' 하면서 나의 부주의를 탓했다. 시야를 전반에만 주시하며 태만하고 있다가 그만 접촉사고가 난 것이다. 순간 '재수 없는 날이구나!' 하며, 내가 아닌 세상을 원망할 수도 있었을 것이다. 하지만 곧바로 생각을 바꾸었다. '오늘의 이 사고는 앞으로 다가올 큰 사고에 대한 경고일 것이다'라고 생각을 전환하니, 전방 주시와 안전운행에 대한 경각심을 갖게 해준 계기가 되었다.

인명사고가 아닌 아주 작은 접촉사고였음에 도리어 감사했다. 접촉사고가 났음에도 감사했던 것은 그간 써온 감사일지의 힘이라고 생각한다. 매일 한 줄이라도 쓰는 감사일지는 긍정적인 마음가짐을 갖도록 나를 훈련 시켜왔다. 이렇게, 부정적인 마음을 긍정적인 마음으로 바꾸게 도와주니 오늘도 어찌 감사일지 쓰기를 하지 않을 수 있는가?

감사일지는 사고를 긍정적으로 전환할 수 있게 해준다. 주의에서도 응원을 받게 되니 행복한 삶의 가치를 누린다. 행복을 누리는 감사일지는 돈으로 환산할 수 없는 고귀한 가치이다.

3

아직은 미완성의 인생

감사일지를 쓰기 시작한 지 2년이 조금 더 지났다. 시즌 1(21일간) 동안은 그 기간만 꼬박 쓰면 나의 인성이 크게 달라질 것이라고 믿었다. 하지만 그것은 착각이었다. 인생의 긴 여행에서 이제 고작 중반까지 달려왔다. 아직은 살아온 인생만큼 남아있다.

긴 인생에서 한 시즌(21일간) 써왔다고 해서 나의 인성이 갑자기 바뀌지 않는다. 1년을 쓴다고 해도 비슷하다. 2년을 써온 지금, 많은 변화가 있다고 말할 수는 없지만, 조금씩 변화되고 있다는 것을 말하고 싶다. 지난 2년 전과 지금의 내 삶에 대한 자세를 비교해보면, 좀 더 긍정적이고 미래를 낙관적으로 바라보고 있다는 사실이다.

욕심은 화를 부른다 (2017.7.21. 작성)

얄팍한 지식으로 덤벼들었다가 손해를 보았다.

금융지식이 전혀 없이 주가가 계속 오르락내리락할 것이라고 생각하여 일정 금액을 리버스 인덱스 펀드에 투자하였다가 점점 손실의 폭만 커져 간다.
오늘에서야 더 이상 욕심을 내지 않기로 결정했다. 지금 이대로 인정을 하고 만다.
보잘 것 없는 나의 욕심은 화를 불러일으키고, 그러고 나서야 자신을 되돌아보며 두 손들고 무릎 꿇고 반성해 본다.

약간의 여유자금이 있어 요행을 바라는 마음으로 펀드에 가입하였다가 손해를 보고 말았다. 그간 주가가 오르락내리락하면서 파동을 치기에, 주가가 올랐다가도 다시 내려갈 것이라는 단순한 생각으로 리버스 인덱스 펀드(주가가 내려가면 배당을 주는 펀드)를 가입하고 나니, 식을 줄 모르고 계속 오른다. '아~차 나의 욕심이 화를 불러 왔구나' 반성하며, 더 이상 손해가 커지기 전에 나의 욕심을 멈추는 게 최선이라고 판단하고 펀드를 되팔았다. 반성의 시간을 가지면서, 나를 탓하기보단 그냥 주식투자에 대한 좋은 공부를 했음을 인정하고 만다.

신은 이렇듯 항상 나의 편에 서주지 않는다. 때론 가끔씩 반대편에 서서 나를 테스트를 하기도 한다. 아직은 부족점이 너무도 많은 모순덩어리인 나는 더 많은 공부를 해야 한다. 자기계발과 나 자신에 대한 투자도 더 필요하다. 그렇기에 감사일지를 열심히 매일 지속적으로 써야 하는 이유이다.

세상 어떤 일이든 항상 잘 될 수가 없다. 인생은 롤러코스터이다. 놀이기구 롤러코스터(roller coaster)처럼 신나게 올라갔다 내려갔다 한다.

항상 오르기만 할 수 없는 세상이다. 오르막이 있으면 내리막이 있듯이 우리네 인생도 그러하다.

☞ 감사일지 시즌 6-1 (2016.2.9. 화)

"엄마는 널 믿어"

연휴 전(2월 4일)에 작성한 미래 감사일지에 "괜찮아, 엄마는 널 믿어" 책을 읽고 소감문을 쓴 내용이 있었다. 지난 토요일 배달 받자마자 일부 읽고 나서, 오늘 느긋한 시간을 이용하여 나머지 부분을 읽었다.

성적보단 아이의 재능을 믿고 끝까지 기다려 준 점….

대다수 부모들이 쉽게 범할 수 있는 오류를 믿음과 칭찬, 격려로….

먼저 엄마가 행동으로 보여준 점,

여러사항을 보여주고 스스로 진로 결정을 하도록 한 점.

돌이킬 수 없으면 즐기자는 긍정적 사고방식.

가족회의는 가족 오락관으로… 학습 플래너… 기록으로 꿈을 완성시키다. 엄마와 아이는 종속관계가 아닌 친구관계이다.

이 책을 보며 지금 나의 가정에 당장 도입해야 할 내용들이 많다고 생각했다.

오늘 종일 온 가족이 함께 있으면서도 애들은 스마트폰에 열중, 억지로 대화를 나누려고 해도 무반응이다. 속이 터진다. 그렇다고 화를 낼 수도 없다. 아들, 딸이랑 외출을 하여 대화의 시간을 갖고자 하는 내 의견도 무시되었다. 이 문제의 답을 "괜찮아 엄마는 널 믿어" 책에서 찾을 수 있을 것이다.

저자이신 김민경님에게 감사합니다.

1997년 우리나라가 IMF 금융 외환위기를 맞으면서, 내가 다니던 산림조합 조직에서도 구조조정을 하게 되어 일부 동료 직원들이 강제적으로 떠나가게 되었다. 그 동료가 맡았던 업무를 조금씩 나누어 맡게 되어 업무량이 많아진 데다, 1999년 호우 피해, 2001년 태풍 '루사', 2002년 태풍'매미'가 한반도에 다가와, 산사태 등 많은 인명피해와 재산피해가 발생하였다. 내가 하는 일이 산사태 복구설계 일이라 일거리가 많아 졌다. 평일에는 야근하는 날이 많았고, 휴일에도 출근하는 날이 많아 졌다.

당장 처자식을 먹어 살려야 하는 가장으로, 업무에 열중하다 보니 야근도 하게 되었고 휴일근무를 하는 것이 익숙해져 버렸다. 그러다 보니 아무래도 가정일은 뒷전이었고 자녀교육에 신경 쓸 시간이나 애들과 함께 보내는 시간이 적어졌다. 그 영향으로 지금도 고등학생인 아들과 딸아이는 엄마를 많이 따른다.

아버지로서 자격 미달인 셈이다.

가끔 옆 지기님은 "아들이 성인이 되면 엄마만 찾을 것이고 늙어서 당신은 외톨이가 될 것이니 의지할 사람은 나 밖에 없다. 그러니 나한테 잘해야 한다."라고 이야기하는데, 사실 맞는 말이다. 감사일지의 주제는 그날에 있었던 일 중에 하나로 정한다. 그날은 자녀 교육에 대한 책을 읽게 되었고, 자연스럽게 아이들과의 관계에 대해서 반성의 시간을 갖게 되었다. 당장은 완벽한 아버지로서의 역할을 100% 할 수 없지만 나름대로 조금씩 개선하려는 마음가짐을 갖게 해주었다.

감사일지를 처음 쓸 때는 긍정적인 사고를 많이 하다 보니까, 내 인생에 앞으로 좋은 날들이 이어질 것만 같았다. 분명 쓰기 전보다는 삶이 행복해졌지만, 완벽한 삶을 가져다주지는 않았다. 무슨 일이든지 처음 시작은 신나고 설레지만 똑같은 일을 반복하다 보면 지겨워지고 식상해져 버린다. 800일째 쓰고 있는 감사일지, 확실히 초창기보다 감사일지가 주는 행복감이 조금은 떨어졌다. 그렇다고 해서 감사일지가 무의미하지는 않다. 우울한 날은 감사일지가 작은 위안을 준다.

지금 나는 이미 인생의 반을 살았다. 올해로 정확히 50년을 살아온 셈이다. 백세시대에 내 인생은 이미 전반전을 마쳤다. 이제부터 후반전이다. 후반전을 맞이하면서 나를 역전시킬 수 있게 해주는 감사일지 쓰기를 만난 것은 신이 주신 커다란 축복이라고 감히 말하고 싶다.

4

나를 바꾸고 세상을 바꾼다

내가 설계 심사하러 가는 이유 (2017.12.3. 작성)

11/24(금) 산림환경연구원 본원 사방사업

11/27(월) 산림환경연구원 북부지원 임도사업

11/28(화) 산림환경연구원 본원 사방사업

11/29(수) 남부 지방산림청 사방사업

11/30(목) 산림환경연구원 서부 지원 임도사업

12/1(금) 남부 지방산림청 사방사업

토, 일을 제외하고 연일 설계심사를 하러 나갔다. 산림환경 연구원 심사는 실내에서 주로 이루어지기 때문에 신체적으로 덜 피곤하고 반나절 정도의 짧은 시간이 소요된다. 하지만 남부 지방산림청은 현장에 나가서 심의를 하는 관계로 이동하는 시간이 많이 소요되어 온

종일 시간이 빼앗긴다.

사실 설계심사를 하러 다니는 것은 내가 하는 일에 지장을 준다. 안 그래도 지금이 한창 바쁜 시기인데…. 그렇다고 부탁을 받았는데 안 해줄 수도 없다. 더구나 내가 용역을 맡은 것은 발주처별로 그저 한두건 정도이다. 몇몇 업체에서는 내가 하는 용역의 2배 이상을 하면서도 심사를 다니는지 않는다. 나와 비교한다면 금전적으로나 시간적으로 득이다.

설계심사를 하고 나면 하루 수당으로 15만 원 정도를 받는다. 비수기 때는 봉사한다는 마음과 여유가 있기에 큰 애로 사항이 없다. 하지만 지금 한창 바쁜 시기인데, 이 일에 시간을 빼앗기는 것은 분명 손해를 보는 꼴이다. 하루 수당 15만 원이 적다는 것이 아니라 그 시간 동안 내 업무에 지장이 있다는 이야기이다.

한편으로 속상하기도 하고, 내가 맡은 용역은 별로 되지도 않는 데 남들 설계건 심사만 다니는 것이 바보짓을 하고 있는 것이 아닌지?? 생각이 들 때가 있다.

단순히 눈앞의 이윤을 생각한다면 속상하고 멍청한 일지만, 발주처에서 설계심사를 부탁한 것 그 자체가 나의 능력을 인정해주는 것이고, 또한 산림공학 발전에 김영체가 일조하고 있음에 자부심을 갖는다. 당장의 눈앞의 대가(이윤)를 따지기 전에, 더 큰 가치에 의미를 부여하고자 노력하자.

한편으로는 속상하다. 하지만 생각의 크기를 키우니 별게 아니다. 그냥 내가 좀 더 고생하면 되는 것이다. 산림공학 발전에 나의 경험과

지식이 기여할 수 있다는 그 자체가, 멀리 내다보면 언제가 그에 대한 대가가 반드시 돌아오리라 믿는다.

국가에서 인정한 '기술사'자격에다, 20여 년간 이 분야에서 쌓아온 경험이 결코 헛되지 않도록, 신생 후배 기술자들에게 올바른 정보와 지식을 전달하여야 한다. 이렇게 넓은 사고를 할 수 있는 것은, 긍정적인 사고를 갖게 해주는 감사일지의 영향이 크다.

과거에는 내가 아는 지식을 혼자서만 간직하고 남들에게 전해주려고 하지 않았다. 나의 욕심이 앞섰다. 결과적으로 내게 손해로 돌아왔다. 이 분야에 종사하는 기술자들이 그 정보와 지식을 사용하지 않으면 소용이 없다. 혼자서 알고 있다고 한들 무슨 소용이 있는가?

새로운 지식과 정보는 빨리 남들에게 알려 공용화 시키고, 다시 새로운 발전된 기술과 지식을 끊임없이 탐구하는 선구자가 되어야 하는데, 과거에는 늘 해왔던 것들 베끼기에 바빴다. 그러니 발전이 있을 수 없다.

사실 선구자는 뒤에서 따라가는 사람보다 더 힘이 든다. 하지만 앞장서 감으로 새로운 정보 세계를 먼저 접할 수 있는 장점이 있다. 과거의 잘못된 행동을 알게 해준 것은 감사 일지이다. 매일 쓰는 감사일지는 시나브로 나를 공인으로서의 합당한 자질을 가질 수 있게 바꾸어 주고, 내가 바뀜으로써 내가 바라보는 세상도 바뀌어 가고 있는 것이다.

☞ 감사일지 시즌 34-5 (2017.9.23. 토)

07시 전화벨이 울린다.

형님이다. '벌초하러 언제 갈 것인가?' 묻는다.

'아침 먹고 곧 출발할 것이라고' 했다.

야근 근무 중이라 늦는다고 먼저 가서 벌초하고 있으라 한다.

예초기는 수리해 놓았으니 왜관에 들러서 가져가란다.

내가 먼저 할배 산소에 도착. 예초기가 단번에 시동이 걸린다.

우짠 일인가? 이렇게 시동이 잘 걸린 적이 없었는데.

예초기를 어깨에 둘러메고 혼자서 열심히 1차 제초작업하고

대충 깔꾸리로 치우고 나서 한번 더 예초기로 자른다.

할배 산소는 그리 넓지 않아 금방 끝났지만… 영 깔끔하게 자르지 못한 것 같다.

그리고 할매 산소로 이동하니 할배 산소 보다 잡초가 더 우거졌다.

할매 머리도 얼른 잘라 드리고자 하는 마음에 예초기를 갖다 대니 칼날이 안 돈다.

한꺼번에 너무 많은 풀을 자르고자 해서 그런 것이다.

욕심이 과하면 도리어 일을 망치게 됨을 알게 해준다.

형님이 오시어 이어서 열심히 제초작업을…

나는 옆에서 쉬엄쉬엄 깎인 풀을 치우고 나니, 할배 산소 보다 더 단정해졌다.

형수가 챙겨준 돼지고기, 사과, 배. 근데 막걸리가 없네…

하는 수 없이 할매께는 시원한 물 한잔 떠놓고 인사드린다.

그래도 할매가 너무 좋아하신다.

할매 왈 "너거 둘이만 와서라도 내 머리 깎아 줘서 고맙다"고 하신다.

더 보태어하시는 말씀 "내 새끼들이 모두 화목하게 잘 살아야 한다"

고 당부하셨다.

난 대답했다. "예 모두가 종종 소식 전하면서 다 잘 살도록 할게예"

인근 슈퍼에 가서 막걸리 한 병 사들고 와 할배께 막걸리 한잔 올리고 절을 한다.

할배가 말씀하셨다.

"영체 니놈이 잘하네. 매년 꼬박 안 빠지고 이 할배 머리도 깎아주고…."

난 부끄러버 얼굴을 가리며 대답했다.

"저도 예전에 철없을 때는 벌초하러 안 왔잖아예"

다시 할배 왈. "이 할배가 살아있을 때 니는 태어나지도 않았잖아. 니 얼굴을 한 번도 본 적이 없는데 매년 벌초하러 와주니 고맙데"

"할배예 와 캅니까? 그저 자식 된 도리로서 할 뿐 이지예 …. ○○형님이 고생 많지예 장손이라고 꼬박 벌초하러 오고예."

마지막으로 할배가 한 말씀 더 보태었다. "오늘 벌초 안 온 내 자식들도 다 똑같이 사랑한다."

난 오늘 기쁜 날이었다. 할배 할매의 무한한 사랑을 받고 있음을 알게 되었기에….

또한 감사한 날이기도 하다.

감사일지를 쓴지 대략 700일쯤 되었을 때, 추석을 앞두고 조부모님께 벌초하는 내용을 가지고, 할아버지 할머니와 대화하는 상상을 하며 쓴 글이다. 나 역시 2008년까지는 거의 벌초를 하러 가지 않았다. 장손인 큰형님의 몫이라고 생각했기 때문이다. 하지만 2009년부터는 매년

형님과 함께 벌초하러 다닌다. 할배의 손자들은 대부분 생업에 바쁘고 거리가 멀다는 이유로 오지 않는다. 똑같은 손자인데 누구는 벌초해야 하고 누구는 안 한다는 불공평하다는 생각보단, 후손끼리 오순도순 정을 나누고 화목하게 지내고자 하는 바람과 함께, 할아버지와 대화를 나누는 이야기로 감사일지를 작성하였다. 그 감사일지를 사촌 형제의 단체 카카오톡 방에 공유하였다. 감사하는 마음은 조상님께 예를 갖추게 하기도 하지만, 서로 연락하지 않고 살아가는 형제간끼리 우애롭게 살자는 생각을 일깨워주기도 한다.

☞ 감사일지 시즌 26-4 (2017.4.7. 금)

오전에 문중 회의에 참석하였다. 굳이 안 가도 되지만 시간을 내어 참가한 김영체가 대견스럽고 감사합니다.

한 번은 집안 행사에 참석하였다. 나는 장남도 장손도 아니지만 명문 가문으로 중흥했으면 하는 바램이 있어서 사촌 형제들에게 사비를 들여 대동 보를 구입하여 주기도 했다. 12만 원씩 6권을 추가 구매하였다. 아주 큰 금액은 아니지만 그렇다고 만만하게 볼 금액은 아니다. 나에게 아무런 보상이 돌아오지 않는 대동 보를 구입 할 수 있었던 것은 나의 안위보다 문중 중흥이 더 소중하기 때문이다. 이렇듯 감사일지는 나를 넘어 더 큰 세상의 위해서 나를 움직이게 한다.

긍정적인 마음을 갖게 해주는 최고의 도구인 감사일지(일기)를 대한민국은 물론 전 세계인들이 쓰게 된다면, 인간이 누리는 최상의 세계인 유토피아가 펼쳐질 것이라 믿는다.

선떼붙이기의 올바른 이해 ① (2017. 11. 29.작성)

흔히 사용하는 7급줄떼 라는 명칭에 대해서 생각해보자.

(중략)

2000년대 이전까지 임도사업에만 설계용역을 수행하다가 2000년대 이후 사방사업을 설계용역을 하기 시작하면서 아무런 사방공학에 대한 개념 정립 없이 베끼기로 하다 보니 그 당시 '7급줄떼공'을 '7급줄떼'라는 명칭으로 잘못 사용하여 왔다.

그래서 지금 우후죽순처럼 생겨난 산림분야설계업체에서 그냥 무작정 모방하여 7급줄떼 라는 명칭이 널리 통용되고 있는 실정이다. 그에 대한 나의 책임이 크다고 할 수 있다.

지금부터 산림공학의 올바른 정립을 위하여 나 자신부터 좀 더 연구하고 공부하는 자세가 필요하다.

그리고 작금에 일반 건설 분야 용역회사에서 7급줄떼와 9급줄떼의 기본 개념을 무시하고 줄떼 심기 공종으로 분류하여 산지복구도면을 작성 한 것을 보니 사방공학 근본이 흔들리고 있다는 심각성을 느끼면서 이글을 적는다.

선떼붙이기의 올바른 이해 ② (2016. 12. 6.작성)

실제 현장에서 7급선떼붙이기의 시공사진을 보면 기울기 1:0.5~1.0

범위이다.

(중략)

선떼붙이기 작업 시에 비탈기울기를 1:0.3으로 시공을 하더라고 매토(되메우기흙)가 침하로 인하여 기울기 완만하게 된다.

따라서 우보명 저자 사방공학 책에서 제시한 선떼붙이기의 시공기울기 1:0.5~0.7으로 하는 게 타당하다고 보면 산림청 사방사업의 설계 · 시공 세부기준을 개정하여야 할 것으로 혼자서 생각 해 본다.

감사일지 쓰면서 글쓰기에 대한 매력에 푹 빠졌다. 글쓰기는 사색의 시간을 가지게 해 준다. 그러다 보니 자연스럽게 내가 하는 산림분야에서도 실무와 이론이 일치 되지 않는 것도 발견하게 되었다. 매일 쓰는 감사일지의 분량은 단문일지라도 매일 하루도 빠지지 않고 작성하다보니 사고의 힘이 길러졌다.

사색의 힘은 내가 하는 업무에서도 그 효과가 나타났다. 진솔산림기술사사무소의 업무 소통을 하기 위해서 만든 다음 카페 (http://cafe.daum.net/jinsolforest)에 '주춧돌을 바로 놓자'라는 코너를 신설하여 2016년 10월부터 글을 게시하여 왔다.

그 내용을 나의 블로그 '내 꿈은 현실이 된다.(https://blog.naver.com/bigleader)'에도 똑같이 게시하였다. 카페에 쓴 글은 이용자 수가 많은 페이스북에 공유하여 산림분야발전을 위해서 많은 산림인 들에게 공감대를 형성 하도록 하였다. 블로그에서 조회수를 조회한 결과 위의 글인 '선떼붙이기의 올바른 이해' 글이 의외로 조회수가 많았다.

조회가 많다는 것은 내가 쓴 글이 산림분야에 영향을 주고 있다는 것이라고 볼 수 있다. 그 내용들이 주관적인 판단이므로 전부다 옳다고 주장은 할 수 없지만 잘못된 이론이나 모순점을 토론하여 산림분야가 발전을 할 수 있으리라 판단한다. 또한 후배 기술자들에게 나의 경험을 전해 주게 되어 내가 초장기 실수를 범한 오류가 되풀이 되지 않을 것이다.

이렇듯 나의 감사일지도 사색의 힘을 키워 산림분야의 발전에 작은 도움이 되고자 하는 바람이다.

5

감사일지가 가져온 변화들

감사일지의 많은 장점들이 있지만 나에게는 유일한 한 가지 단점이 있다. 노트에 쓰거나 PC에서 작성할 때는 괜찮지만 스마트폰으로 작성하게 되면 아무래도 화면이 작기 때문에 시력이 나빠진다. 우연의 일치인지, 아님 나이가 들어서 노안이 온 것인지 모르겠지만 감사일지를 쓰기 시작하면서 스마트폰 화면을 자주 보게 되니 시력이 나빠진 것이다.

스마트폰을 자주 보는 이유는 특별하게 공간 제약을 받지 않고 손쉽게 온라인에 접속하여 실시간으로 올라오는 글들을 바로 읽을 수 있기 때문이다.

다음 글은 감사일지 시즌2가 마무리 되어 갈 때쯤, 민진홍 대표가 SNS 상에서 감사일지의 변화 사례들을 공모한다기에 쓴 글이다. 지금 다시 읽어보니 감사일지를 막 쓰기 시작한 때라, 그 당시 열정이 대단한 것 같다.

☞ 감사 일지와의 만남 (2015.10.25.일)

정말 운이 좋게도 땡큐 테이너 민진홍대표의 감사일지 쓰기에 대한 강의를 공짜로 듣게 되었다. 사무실과 같은 건물에서 공짜로 진행되는 공개강의를 들을 수 있다니…. 사실 공짜 강의이다 보니 강의시간이 한정되어 있어 자세한 설명보다는 감사일지 쓰기의 원칙과 공유 유의사항 등 기본적인 것 위주로 설명이 진행되었으나, 감사가 주는 삶의 지혜를 얻을 수 있어 만족하였다.

☞ 시즌 1 (21일간)의 감사일지

감사일지 10.27.부터 쓰기 시작하였다. 처음에 무슨 내용을 쓸 것인지? 고민이 되었지만 막상 쓰기를 시작하니 감사거리가 많이 생겨나게 되었다. 비공개 감사 밴드에 같이하는 분들 중 연세가 있으신 분들은 스마트폰 사용이 서툴러 순번대로 열어야 하는 대문을 제대로 열지 못하는 분도 계셨다. 시즌 1 기간 동안 낙오자도 있었으며 한두 번 생략하신 분들도 계셨다. 감사일지 쓰기 독려를 목적으로 만든 카톡방에서, 원칙에 어긋나면 톡을 보내 수정을 요구하기도 하고, 21일 동안 다음 순번자를 알려주는 코치 역할도 겸하였다. 또한 매일 감사일지 쓰기를 하시는 분과 안 하신 분을 기록하는 일도 하였다.

☞ 시즌 2 감사일지는 카카오스토리에서

시즌 1기간이 끝나고 카스로 옮겨와 감사일지를 쓰기 시작했다.

민대표의 감사일지에 댓글을 달던 여러 감사 코치 분들과 카친을 맺기도 하고, 그분들과 감사 에너지를 공유하였다. 비록 온라인 친구이지만 감사라는 주제로 만났기에 아무런 부담 없이 서로의 감사일지를 읽고, 감사 에너지를 얻어 가니 하루하루가 기다려지고 즐거운 시간들로 가득 채워지고 있음에, 삶에 대한 애착이 더 커진다.

또한 "감사합니다"라는 새로운 밴드를 개설하여, 새로운 회원들과 감사일지 시즌 1을 이끌어가는 리더 역할을 하였다. 일부 친분이 있는 분에게는 일지를 작성하도록 독촉하기도 하였는데, 그래도 잘 따라와 주시니 그분들에게 감사한 일이며 나 또한 보람된 일이다.

매일 카스에 감사일지를 쓰고, '감사합니다' 밴드 운영에 집중하다 보니, 스마트폰 중독자가 되었다. 어쩌면 감사일지에 미쳐있는지도 모르겠다.

카스에서 나의 감사일지를 꾸준히 보고 계신 지인 한 분은 지금껏 (17일째) 하루도 빠짐없이 쓰고 계시다. 그분의 감사일지에 *☆감사일지. 당신을 알게 되고. 기록하게 되어. 내 삶이 풍성해짐에 당신께 감사합니다.*라는 내용이 올라와 있다.

또한 나의 감사일지 내용에도 *감사일지가 주는 행복감, 삶의 긍정적 사고 자세 등이 나를 바꾸고 있다. 감사일지 쓰기로 제2의 인생의 터닝 포인트를 찾은 것이다. 이에 다시 한번 더 감사를 전합니다.*라고 적혀있다.

그리고 나와 함께 감사일지를 시작하여 꾸준히 쓰시는 이선희 님도 *감사거리가 끝이 없는 감사 인생에 감사합니다.*라며 감사에 대한 느낌을 말해 주셨다.

이렇듯 감사일지를 쓰게 됨으로써 일어나는 한 가지 변화는 당연하고 사소한 일에도 감사의 마음을 갖게 하는 것이다.

그전에는 아무런 생각 없이 허기를 달래기 위해서 먹던 한 끼 밥에도 고마움을 알게 되고, 어떠한 일에 대한 결과가 좋지 않을 때에도 나 자신을 먼저 반성하게 하며 상대방의 입장을 생각하게 된다.

그리고 감사일지가 주는 가장 큰 변화는 가족의 소중함을 알게 된 것이다.

☞ 감사일지 (2015.11.25)

중 3인 아들은 아버지인 나에게 존댓말을 쓰지 않는다. 아버지인 내가 교육을 잘못시켰나? 아니면 나의 욕심인가?오늘 울 아들이 자연과학 고등학교에 면접 보는 날이었다.오후에 톡으로 과학고 맘에 드나요? 면접 잘 봤나요?라며 먼저 존중의 표현으로 질문했더니 "좋아요"라며 존중의 답이 왔다. 이렇듯. 내 아들이라도 내 맘대로 안 된다. 내가 먼저 솔선하여 한 인격체로 존중을 해 주어야 함이 증명되었다. 이러한 사실을 알게 되어 감사합니다 ~~^^

사회생활에 집중하다 보니 소홀했던 가족들에게, 내가 먼저 대화를 걸고 자세를 낮추어 다가가니 화목하고 행복한 집으로 변하고 있음에 새삼 감사의 힘이 얼마나 대단한 것인지 알게 되었다.

☞ 앞으로 시즌 3.4 감사일지는…

지금껏 감사일지를 시즌 2-17일까지 작성해왔다. 한 달여 동안 써오면서 커다란 변화가 일어나지는 않았지만 마음의 평온, 행복감을 느낀다.
감사일지의 공유는 사생활이 노출된다는 우려도 있지만 그보다 더 큰 것을 가져다준다. 나를 알고 있는 많은 사람들이 매일 나를 지켜보고 있기에, 감사일지 작성을 게을리할 수 없고, 의식적으로 나쁜 짓을 하게 되는 일이 적어진다.
앞으로 시즌 3, 4, 5를 계속해 나가며 감사하는 마음을 삶의 최우선에 두고서 세상 모든 사람들과 나의 감사일지를 공유하고자 한다. 감사를 통해서 "감사"가 주는 지혜를 통해 내 남은 인생을 즐겁게 살아갈 것이다.

감사일지쓰기가 주는 장점은 참으로 여러 가지가 있지만, 그중 으뜸은 매일 쓰기 때문에 글쓰기 실력이 늘어나는 것이다.

2017년 6월 이은대작가의 자이언트 스쿨 대구 1기 과정을 저렴한 가격으로 들은 적이 있다. 한주 3시간씩 3주간 하는 강좌였다. 총 9시간을 듣는다고 해서 글쓰기 실력이 눈에 띄게 늘어나지는 않는다. 하지만 이은대작가는 매일 글을 쓰라고 한다. 유명작가처럼 글을 잘 쓰려고 하지도 말고 그냥 있는 삶 느낀 삶을 진솔하게 쓰라고 강조한다.

> 글을 쓰면 참 많은 것들이 변화합니다. (중략) 나의 성장과 변화를 통해 타인의 삶을 이해하고 도움을 줄 수 있다는 '가치'에 의미를 두어야 합니다. *[출처] 매일 쓰는 힘 작성자 : 글장이*

우리의 삶에서 독서는 매우 중요하다. 양서는 우리의 뇌를 건강하게 하여 건전한 사고방식을 갖게 하고, 삶의 질을 높여 주는 역할을 한다. 하지만 읽기만 하고 실천을 하지 않으면 별 도움이 되지 않는다. 책 읽기를 한 후 실행으로 옮기기 위해서 기록 글쓰기를 하면 실천 확률이 높아진다. 그래서 '적자생존'이라는 말과 '메모의 힘' 문구가 생겨났다고 본다.

지난 2년간 감사일지를 써오면서 유명 작가의 글처럼 화려한 글은 아니지만 짝퉁 시를 써보기도 하고 여행 기행문도 기록해 왔다.

다음 시는 우연하게 쓴 글이 詩 적인 분위기가 나서 자랑하고픈 자칭 짝퉁 시의 한편이다.

하얀바다

바다는 하얗다

커피한잔을 마시며
바라보는 바다는

푸른 바다가 아니라
하얀 바다였다

그간 알고 있었던
푸른 빛의 바다는
고정관념을 부셔 버린다.

하얀색의 파도는
내가 알고만 있었던
아집을 삼켜 버린다.

오늘에서야
새로운 시각으로
새로운 세상을 보게 된
의미 있는 하루이다.

매일 감사일지를 꾸준히 쓰는 분들과 SNS에서 이웃을 맺는다. 비록 온라인상에서 직접 얼굴을 보지 못하고 소리 없는 대화를 나누지만, 나중에 직접 얼굴을 보게 되더라도 전혀 어색함이 없다. 멀리 떨어져 사는 친 형제보다 더 친근감이 있다. 매일 댓글로 소통이 이루어져 왔기에 전혀 부담감 없이 첫 대면을 할 수가 있다.

전국에서 좋은 분들을 만날 수 있다. 감사일지 블로그인 "내 꿈은 현실이 된다" 는 파워 인기 블로그는 아니다. 이웃이 200명이 넘어서 고부터는 내가 굳이 이웃을 추가하지 않아도, 내게 이웃 맺기 신청을 해오는 분들이 한 달에 열댓 분이 넘는다. 가만히 있어도 좋은 사람들은 나를 찾아오는 것이다. 찾아오시는 분들의 인격 수준을 판단할 수는 없으나 오랜 기간 동안 서로 소통하다 보면, 진심이 통하게 될 것이라고 믿는다. 이제는 시대가 바뀌어, 앞으로는 혈연 지연 학연보다, 온라인상에서 맺은 인연이 더욱 결속력 있고 사회에서 큰 역할을 하게 될 것이라고 믿어 의심치 않는다.

나에게 쓰는 편지

○○야 네가 참 좋아.

이 세상에 넌 하나뿐인 소중한 사람이야.

살면서 남들은 겪지 못할 일도 겪으면서 참 힘들었지.

스스로 삶을 자포자기한 채 시체처럼 살아온 너. 그때의 외로움을 아무도 몰랐지. 심지어 네 부모님조차도.

그렇게 공부만 해 온 너.

하지만 세상에 공부만이 다가 아니라는 것을 대학에 입학해서 알았지.

4년이란 시간 동안 마음고생도 많이 하고 포기하고 싶었지만 널 사랑하는 하느님은 도움의 손길들을 보내주셨어. 그때의 고마움을 잊지 말자. 말 없는 나에게 말도 걸어주고 같이 다녀주던 친구들. 동아리 친구들과 선배님들. 무엇보다 네비게이토 언니들. 그중에서도 너를 위해 희생한 영숙언니. 그들이 없었다면 넌 졸업도 못 했을 거야.

교생실습 받을 때, 지도 선생님이 너에게 이렇게 말씀하셨어. "어깨 좀 펴고 다니세요. 자신감을 가지세요."라고. 넌 자신감도 없고 위축되어 있는 아이. 교사가 되어서도 너의 길이 아니라는 것을 초임 때 알았지만 끝까지 견뎌 내고 이겨 내고 배우면서 만들어진 교사가 되었어.

지금의 남편을 만나 제2의 삶이 시작되었어. 이 세상에 널 사랑해 주는 사람이 있다는 것이 너무 고마웠어. 난 사랑받지도 못하고 날 사랑해 줄 사람은 없다고 생각했고, 결혼도 못할 거라 생각했거든. 나의 짝을 예비해 주신 하느님께 정말 감사해.

가난했지만 결혼생활로 행복하던 어느 날. 청천벽력 같은 소식에 하늘이 무너진다는 것이 어떤 것인지 알게 되었어. 차라리 내가 아팠으면 좋을 텐데… 내 자식에게 그런 병이 찾아오니 받아들이기 힘들었어.

그 힘든 시기를 잘 이겨내고 아등바등 살아오던 어느 날. 또 한 번 하늘이 무너지는 일이 생겼지. 하지만 그때는 이제 면역이 생긴 모양이야. 치료하면 되지. 잘 견뎌내면 될 거야.

무기력해져 있는 딸을 보며 마음이 타기도 했지만, 우리 가정을 위해 기도해 주신 많은 분들. 경제적으로 도움을 주신 교회 성원들과 성도님들 덕분에 힘들지 않게 견뎌낼 수 있어서 얼마나 감사했는지 몰라. 이제 그 아이가 서울에서 학교 다니며 혼자 자립해가니 얼마나 대견한지 몰라.

만성으로 우울해져 있는 나에게 새롭게 다가온 사람들. 감사일지를 쓰는 사람들. 그들로 인해 새로운 인연도 생기고 삶의 에너지도 생기고 많은 사랑을 받았어.

이제 널 응원해주는 사람들이 많아졌어. 너도 널 사랑하는 아이가 되어 가고 있고. 이제 예쁜 웃음도 회복해 가고 있고. 지금이 가장 행복하단다.

미래에 어떤 일이 다가올지는 아무도 몰라. 하지만 넌 강해졌어. 어떤 일이 오더라도 능히 이겨낼 힘이 생겼어.

이제 모두를 사랑하며 살자.

너도 사랑하고 가족도 사랑하고 이웃도 사랑하고 지인들도 사랑하고, 넌 매 순간 행복을 선택하며 살 거야. 더 예뻐질 거야. 이런 너를 사랑해주는 사람들이 더 많아질 거야. 너의 사명을 발견해 가자. 사명을 따라 살아가자.

지금의 내가 있기까지 애써 주신 모든 분들께 감사드리며 사랑합니다. 무엇보다 나를 끝까지 사랑하시는 하느님, 예수님, 성령님 사랑합니다.

위 글은 감사일지 동지이신 어느 분이 카카오스토리에 올린 글이다. 이분은 나를 비롯한 몇몇 분의 감사일지를 구독하시고는 감사일지를 쓰기 시작하셨다. 어린 시절 불행했던 과거사와 거듭되는 시련에 우울증을 겪기도 하였으며, 그러다가 한참 동안 감사일지 쓰기를 중단하기도 하였다. 주변의 감사일지 동지 분들이 많은 위로와 격려를 해주어 다시 재도전할 수 있었고 지금은 나보다 더 감사하는 마음이 강하고 긍정적인 생활을 하시며 행복해하신다.

이분은 감사일지 덕분에 삶이 가장 크게 변화하신 분이다. 감사가 행복을 가져다준다는 것을 보여준 대표적인 사례이다. 여러분들도 이제 행복을 원하신다면 그냥 생각만으로 감사하다고 말로만 하시지 말고 글로 써보시길 적극 권장해본다.

6

감사일지 쓰기는 진행형이다

100세 시대에 접어든 지금, 나는 정확히 인생의 반을 살아왔다. 아직은 살아갈 날이 많이 남아있다. 60~70년대라면 수명이 60세 정도이다. 21세기 들어선 현시대에서 60세는 아직 청춘이다. 대략 60세이면 정년퇴직을 하고 또 다른 일자리를 찾아서 노동을 하여야 하는 시대이다.

60세에도 충분히 일할 수 있는 육체적 조건이 갖추어져 있다. 그리고 70세 쯤 에는 체력이 떨어지게 된다. 70세를 지나 80~90대 까지 병이 들어 나약하게 살아간다면 인생 후반전이 비참해진다. 후반전 인생을 위해서라도 긍정적인 사고와 자기계발을 게을리하면 안 될 것이다. 긍정적인 사고를 가지게 해주는 감사일지 쓰기가 필요한 이유가 여기에 있다.

公人은 많은 사람들이 지켜보고 있다 (2017.7.28. 작성)

○○○○○의 ◇◇◇ 대표가 갑질 논란으로 뭇매를 맞았다.

그저께 아침 출근길에 우연히 TV 뉴스 에서 잠깐 보도를 접하였다.

기사의 내용을 100% 믿지는 않는다. 어차피 언론에 보도되는 뉴스 기사는 기자의 주관적인 눈이 개입되어 있기 때문에 편견으로 기사를 쓸 수밖에 없다고 본다.

뉴스 내용의 진위 여부를 따지기 전에 ◇◇◇대표가 공인으로서 좀 더 자기관리를 하지 못한 점에서는 잘못이 있다고 본다. 총각시절 열심히 살아온 자신의 명성을 깎아내린 갑질 논란이 일어난 것 자체가 공인으로서 자질을 좀 더 갖추어야 함을 보여주는 것이다. 나 또한 아주 소수의 사람들이지만 나를 지켜보고 있는 사람들이 있기에, 언행이나 행실에 신중을 기하여야 할 것이다.

공인이라 하면 대중들에게 알려진 사람들이다. 주로 매스컴을 통하여 알려진 정치인, 재벌가, 유명한 작가, 교수, 스포츠인, 연예인 등이 이에 해당된다. 공인 중에서도 전 국민 대부분이 아는 사람들도 있을 것이고, 소수의 사람들만이 아는 공인이 있다. 내가 일하는 산림분야에서도 공인이라 부를 수 있는 사람이 있다. 예를 들어 산림청장, 산림분야 교수 등… 그 외에도 알려진 분들이 있다

국민들에게는 알려지지 않았지만 임업인들 사이에서 유명하신 ☆☆☆분 그분의 별로 좋은 소식(공정하지 못한 언행)을 얼마 전에 듣게 되었다. 그분에 대한 존경심이 사라지고 실망의 눈으로 바라보게 된다.

새 정부가 들어서면 장관이 바뀌고 장관 임명 시 청문회 절차를 거친다. 청문회에서 부정당한 과거사가 들추어지는 수모를 겪지 않으려고 장관직을 버리는 사람도 있다.

인생사 앞날은 모르는 일. 나도 나중에 장관 후보가 되어 청문회에서 부끄러운 과거사를 들키기 전에 지금부터 공인으로서의 자세와 태도를 갖고 올바로 행동할 것을 다짐한다.

비록 장관이 되지 못할지언정….

혹시나 조그마한 임명직 장을 맡게 되는 행운이 찾아올 경우를 대비해서 더욱 인격 수양에 힘써야 한다. 감사일지 쓰기가 그것을 대신해 줄 것이기 때문에 감사일지 쓰기를 멈출 수 없다.

온라인 서점에서 '감사(感謝)'라는 주제로 출간한 책을 검색 해보았다. '감사' 주제로 출간한 책에서 대부분 감사하면 긍정적인 마인드로 변하여 행복 해진다고 한다. 감사의 습관을 들이려면 가장 좋은 방법은 감사편지와 혼자서 쓰는 감사일기가 있다. 감사편지는 받는 사람이 있어야 하므로 매일 쓰기에 한계가 있다. 그리고 혼자서 쓰는 감사일기는 보다 온라인상에서 감사를 실천하는 사람들과 함께 하면 오래 동안 꾸준히 쓸 수 가 있을 것이다.

이미 출간되어 있는 '감사'와 관련된 책과 이 책에서 증명하고 있듯이 감사일지는 꾸준히 쓰게 되면 행복이 따라 온다. 행복한 인생을 살기 위해서 감사일지쓰기를 하루라도 쉴 수 없는 이유이기도 한다.

이 책의 원고(초고)가 완성될 무렵 제니스 캐플런이 쓴 〈감사하면 달라지는 것들〉을 구입하였다. 그 책은 2016년 11월에 첫 출간되어 5쇄

째 출간된 책이다. 5쇄면 '감사'라는 주제가 독자들이 공감을 주었다고 볼 수 있다. 지은이 제니스 캐플런은 1년간 감사프로젝트를 수행하면서 감사가 삶의 행복도를 높여주고 있음을 보여주고 있다.

전 세계에서 성공한 여성으로 오프라 윈프리가 유명하다. 그녀는 사생아로 태어나 성폭력을 당하며 힘든 생활로 어린 시절을 보냈지만 일상에서도 일어나는 사소한 일거리 중 매일 다섯 가지 씩 찾아 쓴 감사일기가 성공으로 이끌었다.

오프라 윈프리와 제니스 캐플런이 성공과 행복으로 가는 도구가 '감사'라는 것을 증명하였듯이 나 역시 인생 반환점을 돌아선 지금, 인생후반전은 성공한 인생과 행복한 삶으로 만들기 위하여 감사일지 쓰기는 계속 이어질 것이다. 그리고 감사일지 쓰기를 당신과 함께 하기를 소망한다.

마치는 글

찾아온 인생의 기회를 놓치지 않기 위해서

감사일지를 쓴지 3개월이 지날 무렵 울산에 사시는 감사일지 동지 한 분을 통하여 KBS1 TV 방영될 '중년의 위기'라는 주제의 다큐멘터리 프로그램의 주인공을 찾고 있는 정보를 접하였다. '내가 설마 내가 당첨되겠나?' 하면서도 곧바로 '저요' 하고 손을 들었다. 그런데 진짜로 며칠 후 방송국 작가님이 전화가 왔다. 카메라가 대략 보름 동안 나의 동선을 따라다니면서 모든 일상을 촬영한다고 한다. 그러면 우리 가족들이나, 모든 생활상들이 노출되는 것이다.

완벽한 삶을 살고 있지는 않지만 남들에게 부끄러워할 것이 없기에 찬성을 하였다. 그리고 지방방송도 아니고 지상파방송으로 전국에 나를 소개해주는 프로그램인데, 방송 중에 안 좋은 면도 보여 줄 수 있겠지만, 결론적으로는 나를 홍보하는 효과가 있다. 또한 내가 하는 사업을 공짜로 광고하는 셈이다. 하지만 옆 지기님의 완곡한 반대로 결국은 그 좋은 기회를 날려 보냈다.

한편으론 아쉽기도 하지만 우선 가정의 평화가 우선이니까 다음 기회가 다시 찾아오리라 믿고 있었다. 그 기회가 바로 이 책의 출간이라고 본다. 이 책이 베스트셀러가 되기를 바라진 않는다. 이 책이 대한민국 전 국민이 감사하는 마음가짐을 갖고 살아가는데 조금이나마 기여했으면 하는 마음에서 내 감사일지를 세상에 공개하고자 한 것이다.

인생 전반전을 마친 이 시점에서 내게 찾아온 가장 큰 행운은 바로 이 감사일지를 만난 것이다. 그간 살아오면서 나름대로 열심히 살아온 날을 손꼽아 보면, 고등학교 3학년 시절과 대학 3학년 겨울방학, 그리고 사회생활을 시작한 지 15년이 지난 2009년이었다.

고등학교 3학년 때 만큼은 비록 시골학교에 다녔지만 성적은 상위권이었다. 고등학교 3학년들은 학교에서 밤 10시까지 강제적으로 자율학습을 시켰다. 중학교 때부터 공부를 열심히 하지 않았기에, 기초지식이 부족한 탓에, 주요 과목인 영어·수학 성적은 형편없었지만 나머지 과목들은 상위권이었다. 고3 1학기 중간고사 국사시험이 무척이나 어려웠던 적이 있었다. 난 25문제 중에 1문제를 틀렸다. 당시 전교 수석을 하는 친구도 3개나 틀렸고, 전교생 국사과목 평균은 50점이 되지 않았다. 그 과목에서 내가 한 문제 틀렸으니 내가 열심히 공부한 것이다.

대학 3학년 겨울방학 토목기사 자격증을 따기 위해서도 열심히 공부한 적이 있었다. 대구의 어느 대학교 근처 독서실에서 숙식을 해가면서… 그리고 4학년 초 1차 필기시험에 합격하였다. 합격률이 채 20%도 안 되는 숫자에 들어간 것이다.

2009년도에 산림기술사를 따기 위해 절실하게 공부한 적이 있었다. 그 당시는 잠시 내 생업을 포기하고 배수의 진을 치고 공부를 하였다. 그 결과 8개월 만에 1차 필기시험을 합격 후 면접시험에 한 번의 낙방을 경험하고 두 번째 면접시험에서 합격을 하였다.

이것이 나의 전반전 인생을 열심히 살아온 기억이다. 그리고 그 보다 더 감사일지를 매일 하루도 빠지지 않고 써온 것은 더 가치가 있다. 꾸준하게 할 수 있다는 것은 내 마음에서 시키지 않으면 안 되니까….

인디언들이 기우제를 지내면 반드시 비가 온다는 말이 있듯이, 나 또한 내 인성을 완성할 때까지 (아마 죽을 때까지 완성되지 않을 수도 있다.) 감사일지 쓰기를 오프라 윈프리처럼 따라 할 것이다.

성공한 사람들을 경제적으로 부유한 사람이라고 할 수 있을까?

변성우작가의 '인생오픈' 책에서 성공한 사람은 돈을 많이 벌어서가 아니라 남들에게 선한 영향력을 미치는 사람이라고 정의하였다. 그간 매일 작성해온 감시일지 덕분에 나를 성숙시키는 계기가 되고 있다. 이 책의 원고를 탈고하는 과정을 마치니 아직 많이 부족한 나 자신을 발견하게 된다. 지금은 부족한 한 사람이지만 매일 감사일지 기록하여 더 나은 품격을 갖춘 사람으로서, 많은 사람들의 삶에 선한 영향력을 주는 사람, 즉 성공자의 부류에 들어가야겠다는 각오를 되새겨 본다.

끝으로 이 책이 나오기까지 세심하게 방향을 알려주신 이은대 작가님에게 감사드린다. 또한 부족한 글쓰기 실력이지만, 큰 힘이 되어주신 도서출판 더로드 조현수 대표님에게도 진심으로 감사드린다. 그리고 감사일지를 전해 준 땡큐 테이너 민진홍님과 땡패 가족들에게 감사드리며, 감사일지로 인연이 된 SNS 상의 감사일지 동지들에게 감사드린다.

블로그에 진솔한 삶의 이야기를 기록할 수 있었던 것은 매일 나의 감사일지를 읽어주는 구독자들이 있었기 때문이다. 이 지면을 통해 감사의 인사를 전한다.

마지막 글은 세상에서 가장 귀중하고 끝없는 사랑을 보여주신 어머니 아버지께 무한한 감사를 드리며 마무리한다.

감사가 긍정을 부른다

초판인쇄 2018년 4월 10일
초판발행 2018년 4월 17일

지은이 김영체
발행인 조현수
펴낸곳 도서출판 더로드
마케팅 최관호 최문섭 신성웅
편집 황지혜
디자인 호기심고양이

주소 경기도 고양시 일산동구 백석2동 1301-2
넥스빌오피스텔 704호
전화 031-925-5366~7
팩스 031-925-5368
이메일 provence70@naver.com

등록번호 제2015-000135호
등록 2015년 06월 18일

정가 15,000원
ISBN 979-11-87340-83-6

파본은 구입처나 본사에서 교환해드립니다.